아내와의 재혼

아내와의 재혼

1판 1쇄 인쇄 | 2016년 12월 12일
1판 1쇄 발행 | 2016년 12월 19일

지은이 | 백문현

발행인 | 이성현
책임 편집 | 전상수
디자인 | 드림스타트

펴낸곳 | 도서출판 두리반
주소 | 서울특별시 종로구 사직로 8길 34(내수동 72번지) 1104호
편집부 | TEL 02-737-4742 / FAX 02-462-4742
이메일 | duriban94@gmail.com
등록 | 2012. 07. 04 / 제 300-2012-133호

ISBN 978-89-969287-7-5 03810

아내와의 재혼

백문현 지음

　일손을 놓은 지 몇 해가 되었다. 서운했고 허전했고 답답했고 그 가운데서 고민했고 그러면서 순응해왔다. 그 순응해가는 과정에서 겪고 느낀 것을 책으로 펴냈다. 지난 두 권의 책, 《물 속의 달水中月》과 《거울 속의 꽃鏡中花》에 이어 세 번째 책이다.

　돛단배에 항상 순풍만 있는 것은 아니고 바람 속의 새가 언제나 바람을 타고 나는 것은 아니다. 그러나 순풍으로 달리고 싶은 것은 누구나 바라는 것이고 하늘을 나는 새도 바람을 등지고 나는 것이 쉬운 길임을 안다. 인생도 마찬가지다. 젊을 때는 바람을 가르며 배를 저어보는 열정도 필요하지만 어느 순간부터는 주어진 상황에 순응하며 사는 것이 현명하다는 걸 알게 된다. 앞의 두 권의 책이 순수와 열정의 소산이라면 이 책은 은퇴 후에 의기소침하고 좌절

하기 쉬울 때 이것으로 모든 것이 끝난 것이 아니라 '새로운 한 막이 시작되었다' 라는 용기를 갖고 '바람 속의 새 風中雁' 가 되어 현실에 순응해가는 과정을 그린 글이다.

베이비부머가 은퇴를 하는 시기가 되었다. 앞 세대와도 다르고 뒤 세대와도 다른 어정쩡한 세대가 일터에서 물밀듯이 밀려나오고 있다. 언젠가는 가야 할 길이지만 오랫동안 몸담고 살아온 곳을 떠나는 것은 착잡하고, 슬프고, 아프다.

되돌릴 수 없는 지난 시절이나 인연에 연연하지 않고 그 나름의 또 다른 길을 개척해나간다고 다짐하지만 말처럼 그렇게 쉽지는 않다. 나 역시 지난 시절과는 확연히 달라진 처지에서 오는 상실감과 갈등이 적지 않았고 또 그로 인한 당혹감을 극복하기가 쉽지 않았다. 그래서 이 책에는 안팎에서 물밀듯이 다가오는 파고를 온몸으로 맞게 되면서 겪은 에피소드가 많다. 그런 면에서 이 책은 은퇴를 앞두고 있거나 은퇴한 사람들과 공유할 수 있는 감정들이 많다. 내가 은퇴하면서 겪어왔고 지난날을 추억하는 것을 글로 썼지만 나만의 일이 아니라 우리 사회의 베이비붐 세대와 그 후대가 겪고 느끼게 될 일이기 때문이다.

나이가 든다는 것은 당연히 늙는다는 것이다. 지금이 한번쯤은 진지하게 자신을 돌아볼 때다. 이 책이 독자들에게 은퇴 후의 삶을 좀 더 진지하게 돌아보는 데 도움이 되기를 바라고, 고개를 끄덕이며 잠시나마 웃을 수 있기를 바란다.

은퇴하고 나서 무한한 시간과 자유로움이 주어졌다. 그 주체할 수 없는 많은 시간과 자유로움이 주어진 내 인생의 후반기에 수시로 글감이 떠오를 때마다 메모한 글을 모았더니 한 권의 책이 되었다. 글을 쓰면서 최대한 솔직하게 쓰려다 보니, 내가 아는 이들에겐 부끄러움이 앞선다. 그러면서도 한편으로는 나를 아는 사람들과 내 후손들이 나와의 추억을 되돌아보고 나를 이해해주기를 바라는 마음도 없지 않다.

이 책을 펴내면서 스스로가 느끼는 부족함에 한동안은 후회하고 몸 둘 바 모를 날들이 계속될 것이다. 하지만 이 책이 '망설이는 것 보다는 저지르는 것이 낫다'는 내 평소 생각의 소산물임을 덧붙이면서 나의 인생 길동무이자, 얼마 전에 나와 재혼한 아내에게 이 책을 바친다. 쑥스럽다.

2016년 겨울, 새해를 코앞에 두고

차례

1

그렇게 한 막이 끝났고,
다른 한 막이 시작되었다

회
사
를
떠
나
다

　　그들이 떠나게 되었다는 소식을 들었다. 어느 정도 예측은 하고 있었지만 결국 그렇게 되었다. 슬픈 일이나 어쩔 수 없는 일이다.

　　오랜 기간 몸담아온 회사를 떠나올 때가 생각났다. 살아오면서 수많은 이별을 했을 텐데, 그 이별은 남달랐다. 긴 세월 동안 몸담았던 곳, 이제 다시는 돌아갈 수 없는 곳에서 집으로 오는 길은 가깝고도 멀었다. 토요휴무제가 시행된 이후로 벌건 대낮에 집에 온 것은 처음이었다. 그렇게 세상이 달라졌다.

　　아내가 꽃다발을 들고 맞이했다. 이날을 두고두고 기념하고 싶다며 생화가 아닌 화려하고 풍성한 조화를 선물했다.

　　그렇게 한 막이 끝났고, 다른 한 막이 시작되었다.

그날 오후, 아내와 나는 말할 수 없이 속이 허전했다. 예정되었던 그날이 하루하루 다가온 것임에도 막상 눈앞에 닥치니 멍했다. 이런 허전하고 답답한 심정을 떨쳐버리고자 자리를 박차고 일어나 가까운 산으로 갔다. 평소 많이 다닌 산길이 익숙하면서도 낯설었다.

그랬다. 떠나보면 떠나는 심정을 알 거라고 했고, 떠난 후에 한동안은 회사 근처에도 가지 않게 되더라는 선배들의 말을 단번에 이해했다. 정든 사람들이 손 흔드는 그 순간부터 내가 그 회사 직원이 아니라는 사실이 슬펐다. 지난날 내 선배들이 회사를 떠나자마자 나도 그들을 금세 잊어버렸고, 그들이 떠나는 것은 인생의 한 과정으로 당연하다 생각했는데, 내가 그 가운데 서 보니 감회가 남달랐다. 당연한 것이 당연한 것이 아니었다. 가슴이 찡했다.

이런 온갖 상념에 젖어 인적 없는 산길을 묵묵히 걷고 있을 때 전화벨이 울렸다.

"오늘 저녁 약속이 있는가?"

"없습니다만."

"내가 그럴 줄 알았지, 저녁이나 같이 하세."

평소 존경하고 가깝게 모신 분이 퇴직 당일이 가장 쓸쓸하다며 나에게 전화를 하셨다. 대부분의 송별회가 이미 끝났거나 퇴직 후 며칠이 지나서 약속 날이 잡히는 게 통상의 관례인데, 그 틈새를 비집고 들어온 신神의 한수에 감격했다.

그날 저녁 자리는 뜻깊고 화기애애했다. 그리고 그날의 저녁 자리가 그분을 내 인생의 사표師表요, 롤 모델로 삼게 된 또 하나의 계기가 되었다. 그날 밤은 따뜻했다.

내가 있던 회사가 어렵다는 이야기를 들었다. 결국은 올 것이 온 것이다. 경영합리화란 대의명분이 이해가 안 되는 것은 아니지만, 기업의 구조조정이란 언제나 슬픈 일이다. 칼을 쥔 사람이든 칼에 맞은 사람이든 괴롭고 슬픈 일이다. 그 불가피성을 다들 인정하면서도 그 칼날이 자신에게 향할 때는 참기 어려운 뼈아픈 일이다.

조선 해운업계의 불황으로 수천 명씩 일자리를 떠나야 하는 현실이 목전에 왔다. 내가 아는 한 사람도 일자리를 잃고 거제에서 백령도까지 가서 전혀 다른 일을 하고 있다. 그렇게 구조조정이 남의 일이 아닌 내 주변의 일이 되었다.

희망퇴직이나 명예퇴직이란 이름으로 일자리를 떠나지만 결코 희망하지도 않았고, 크게 명예롭지도 않은 퇴진이다. 이름만 그럴싸할 뿐이다. 그렇게 그들은 떠나게 되었다. 가장 쉬운 방법인 나이가 많다거나 직급이 높다거나 고임금이라는 이유로, 거기다가 덧붙여 인사숨통을 튼다는 모양새로 우선적으로 내몰리게 된 것이다.

그 소식을 듣고 가깝게 지내온 몇몇에게 전화를 걸었다. 지금은 누구도 만나고 싶지 않다고 할 줄 알았는데 보리밥 한 그릇을 사겠다는 내 제안에 기꺼이 응해주었다. 퇴직 당일은 아니었지만 가장 빠른 시간에 연락을 취했다. 이렇게 한 데는 아내의 부추김이 컸다. 내가 회사를 그만둔 날, 우리가 산행 길에서 받았던 전화가 얼마나 반갑고 고마웠느냐는 것이다.

갑작스런 일자리 박탈에 당황하고 황당해했다. 애써 내 앞에선 태연한 척 했지만 예상보다 일찍 넥타이가 풀리면서 인생행로가 뒤죽박죽이 되어버리고, 하루아침에 온통 뒤바뀐 세상이 온 것을 못 이겨했다. 겉으로는 담담해하면서도 속으로는 어쩔 줄 몰라했다. 더 오래 더 많은 일을 하고 싶었고, 더 높은 곳을 꿈꾸었는데 그 꿈이 하루아침에 깨졌다.

기껏 보리밥에 막걸리를 마시고 있었지만 수십 년간 같이 직장생활할 때보다 더 진지하게 이야기를 했다. 막걸리 몇 잔에 몸도 마음도 풀리면서 이제 막 백수의 길에 들어선 그들의 답답한 심정이 토로되었다. 시원섭섭하다 했다. 시원하다니, 정말 그럴까 했지만 굳이 부인하지는 않았다.

백수 선배로서의 하나마나한 조언이 이어졌지만 무슨 도움이 되었겠는가. 30년 가까이 성실히 일해왔으면서도 노후 생활을 걱정해야 하는 답답함에 대한 뚜렷한 해소책은 없었다. 그렇다고 무작정 일자리를 찾아 돌아다니기도 어정쩡하고 그냥 지내기에는 막막한 현실이 닥친 것이다. 나도 겪은 누구에게나 비슷한 현실이 닥친 것이다.

이런 만남이 여러 후배들과 몇 차례 있었다. 반응이 저마다 달랐다. 각자도생의 틈바구니에서 밀려나게 된 심정을 다들 솔직히 토로했다. 어쩔 수 없는 현실에 쉽게 체념하는 사람도 있었다. 목이 잘리게 된 것에 분노하는 사람도 있었다. 아픈 마음을 추스르느라 바쁜 사람도 있었다. 하염없이 눈물 흘리는 아내 때문에 정작 자신의 마음이 아픈 것은 내색도 못했다는 말이 내 가슴을 아프게 했다. 아내와 자식들이 평생토록 고생한 것을 인정해주어 감격했다는 말을 들었을 때는 내 가슴도 뿌듯했다. 집 안에서는 청소기를 돌리면서도 남들 눈이 무서워 쓰레기 버리러 문밖으로 나가지 못한다는 말에는 가슴이 아팠다. 몇 개월이 지난 지금도 시골 어른들에게 이 사실을 숨기고 있다는 말에는 그 마음을 충분히 이해했다. 떠날 때, 그동안 가깝다고 생각했던 사람들이 모른 척 한 데 대해 몹시 서운해하기도 했다. 그런 것이 세상인심이다. 누구나 겪는 일이고 나도 그랬으니까 충분히 이해가 되었다.

그러면서도 졸지에 온실 밖으로 나온 두려움을 숨기지 않았다. 누구 할 것 없이 몇 푼 되지도 않는 국민연금이 나올 때까지 몇 년간을 버티는 방법에 대해 고민했다. 앞으로 살아갈 걱정으로 이 생각 저 생각이 많았다. 자격증 시험공부를 하겠다는 사람도 있었고, 귀촌하겠다는 사람도 있었다. 한옥 짓는 기술을 배우겠다는 사람도 있었다. 아무것도 안 하는 게 돈 버는 일이라는 사람도 있었다. "섣불리 무모한 투자를 하지 말라"는 나의 어설픈 조언이 무슨 도움이 되었겠나마는 멍석을 펴서 한바탕 말놀음을 하고 집으로 돌아올 때의 발걸음은 가벼웠다.

헤어질 때 서로 고맙다는 말을 했다. 이럴 때마다 끊어진 줄 알았던 우리들의 인연이 다시 이어져 앞으로 평생을 가지 않을까, 하는 기대에 부풀었다. 기껏 보리밥 한 그릇과 막걸리 몇 잔으로 좋은 이웃을 얻은 것이다. 답답하고 외로울 때 손을 내밀어 그런 심정을 들어준 것만으로 그들에겐 천만금의 값어치가 있으리라. 백지장도 맞들면 낫고 아파봐야 아픔이 무엇인 줄 안다. 대낮에는 별이 보이지 않는다.

이마에 주름이 지도록 젊음을 바친 직장만이 온 우주인 줄 알고 살아온 세월이 끝나고, 또 다른 세상에 막 발을 디디는 그들에게 행운이 있기를 빈다. 막상 나와 보면 또 다른 길이 있다. 노를 저을 때는 노를 젓는 데만 정신이 빠져 살았다. 그들이 스스로 노를 놓았든 놓쳤든 "노를 놓고 나서야 비로소 더 넓은 물을 보게 되었다"는 말은 진실이다. 탄탄하고 결코 무너지지 않을

백지장도 맞들면 낫고 아파봐야 아픔이 무엇인 줄 안다. 대낮에는 별이 보이지 않는다.

것 같았던 울타리 속에서 죽어라고 앞만 보고 산 인생, 그들도
온실 밖에 또 다른 세상이 있다는 걸 곧 알게 된다. 나도 그랬으
니까.

어
느
연
말

　　　　　　　연말이다. 예년 같으면 한 해의 실적을 점
검하고 다가오는 한 해에 대한 설계를 부지런히 할 때다. 하지만
백수가 된 지금은 그렇지 않다. 연말인데도 연말 같지 않다. 그
냥 지난 한 해를 돌아보고 막연히 앞으로의 생활이 어떻게 전개
될 건가 궁금해할 뿐이다.

　　올 한 해는 속이 허전하면서도 자유로운 날들이었다. 일손을
놓고 난 뒤의 허전함과 비애를 잊기 위해 마음 내키는 대로, 발
길 닿는 대로 살아봤다. 내 평생 처음으로 내 마음대로 살아봤
다. 그런대로 좋았다. 아니 애써 그렇게 생각했다. 화려한 복귀
나 일거리 구걸에 목을 매지 말자고 다짐하고 또 다짐한 한 해
였다.

21

사실 말은 이렇게 하지만 일할 기회가 있기를 바랐고, 누가 불러주기를 바랐고, 겉으로는 초연한 척 드러내지 않았을 뿐 가슴 아래 묻혀서 너울거리는 욕심이나 욕망이 아주 없지는 않았다. 하지만 이런 욕심이나 욕망의 찌꺼기들도 시간이 흐르면서 기름이 다해가는 호롱불처럼 머지않아 자연스럽게 사그라지리라 믿고 있다. 단번이 아니라 서서히.

　지난 60여 년을 살아오면서 많은 사람과 만나고 헤어졌다. 나와 옷깃이라도 스치며 인연을 맺은 사람이 오죽 많았던가. 그런데 일손을 놓게 되면서 이런 사람들과의 관계가 단숨에 끊어지니 처음에는 몹시 당황스러웠다. 나 혼자 우주를 유영하는 기분이었다. 별세계로 튕겨져 나온 느낌이었다. 그것이 가장 힘들었다.

　그러면서 하루 이틀, 한 달 두 달이 지나면서 나의 주소록에서 하나둘씩 사람들의 이름을 지워나갔다. 지난 몇 년간 서로 소식을 주고받지 않았고, 앞으로도 그럴 가능성이 거의 없는 사람들을 우선적으로 지워나갔다. 심심할 때마다 몇 사람씩을 지워나갔다. 망설임 없이 단칼에 지운 사람도 있었고 과연 이 사람을 지우는 것이 맞는가 하고 고민한 사람도 있었다. 그러나 대체적으로 과감하게 지웠다. 그런 한 해였다.

　이렇게 내 인생의 목록에서 하나둘씩 그 이름을 지워나가면 머지않아 정말 친밀한 몇 사람만 남게 될 것이다. 마지막까지 남을 사람이 누가 될까 자못 궁금해진다.

　내가 이렇게 이름 지우기를 하는 것은 쓸데없는 욕심을 버리기 위해서다. 지난날을 돌아보며 괜한 기대나 아쉬움에 빠지기 싫어서다. 주소록에 있다면 대개 한때는 좋은 인연이었던 사람들이어서 자꾸 생각이 날까봐서다. 그들의 이름을 지우며 내가 버리고 있다지만 오히려 내가 버림을 당하고 있는지도 모른다. 아마도 그럴 것이다. 그들의 기억 속에서 사라지고 있을 것이다. 눈에서 멀어지면 마음에서도 멀어진다는 건 만고의 진리 아닌가.

　공공연히 누구를 버린다고 떠드는 것도 아니니 내 기억 속에서 버리는 거야 나의 자유다. 그럴 때 큰 짐을 내려놓은 듯이 홀가분하다. 내가 먼저 버리니 섭섭할 것이 없어 좋다. 몇 년 가도 다림질 한 번 하지 않는 옷이 옷장에 많을 필요가 무에 있겠는가. 사람과의 인연도 그렇다. 그렇지만 그건 그냥 하는 말이요, 말뿐인지 모른다. 그 한 사람 한 사람이 내 지난 인생에서 갈고 닦아온 보석이요, 쉽게 지워지지 않는 손때 묻은 얼룩이기 때문이다. 이렇게 버리는 사람이 있는가 하면 채우는 사람도 있다. 새로이 알게 된 좋은 사람들이다. 알고 지내왔으면서도 그렇게 가깝게 지내지 않았던 사람들이 보석이 되고 있는 사람도 있다. 사람은 겪어봐야 안다더니 백 번 맞는 말이다.

회사를 떠나고 나서 돌아보니 사람과의 관계에서 항상 좋은 일만 있었던 건 아니었다. 그런 일들 중에 몇 가지는 지금까지 마음에 남는다. 이제는 씻김굿을 하고 싶은데 잘 안 되고 있다. 내 머릿속에서 지우고 싶은데 잘 안 되고 있다. 잊은 듯 했는데 잊히지 않고 있다. 세월에다 맡길 수밖에 없을 것 같다. 그중에서도 가장 슬프고 괴로운 건 한때는 좋은 사이였는데 어느 날부터 소원해진 경우다. 많지는 않아도 몇몇이 나를 괴롭게 한다. 내 탓이 클 것이다. 그렇게 된 연유가 명확한 것도 있고 어렴풋이 짐작되는 것도 있다. 내가 서운해서 그런 경우도 있고 나한테 섭섭해서 그런 경우도 있다. 내가 서운한 거야 나를 질책하고 다독거리면서 잊으면 그만이지만 나에게 서운해하는 것은 난감하다. 그렇다고 이제 와서 해명할 수도 없고 해명해서 될 일도 아닐 때 곤혹스럽다. 이것도 세월에 맡겨야 할 것 같다.

그러다 보니 앞으로 어지간하면 남들과 부대끼지 않으려고 하고 속 시끄러운 일은 만들지 않으려고 결심해본다. 그럴 것 같으면 아예 그 근처에도 가지 않으려고 한다. 사서 괴로움을 만들 생각이 없어졌다. 부대끼면서 살아야 하는 곳에서 벗어난 지금은 나를 옥죄고 거치적거리는 허위와 가식의 옷을 벗어버리고 소모적이고 쓸모없는 감정은 흘러가는 세월의 강물에 떠나보내려 한다. 가을이 되면 아파야 하고 겨울이 오면 괴로워해야 하는데 그조차도 피곤해하고 애써 피하려는 걸 보니 하루아침에 나이가 들었다.

　이런 생각으로 하룻밤에도 수십 번씩 만리장성을 쌓았다가 지우며 연말을 맞고 있는데 기대치도 않은 연하장이 와서 심히 반갑고 고마웠다. 요새는 카카오톡이나 문자 메시지로 새해 인사를 하는 것이 유행이 되고 있는데 우편으로 연하장을 보내다니 그 성의가 고마웠다. SNS를 이용한 새해 인사는 그 편리성은 인정하지만 한 번에 수십 명을 대상으로 하는 것임을 금방 알 수 있는, 천편일률적인 내용일 때는 몹시 식상할 뿐만 아니라 심지어는 우롱당한 느낌까지도 받게 된다. 그 와중에 예쁜 전통 문양의 종이카드를 받아 기분이 좋았다. 인쇄된 천편일률적인 말이라 해도 종이카드에 적힌 덕담은 그 나름의 맛이 있었고, 몇 줄이지만 우리의 인연을 되새기는 자필 글들이 있어 금상첨화로 백수인 나를 들뜨게 했다. 그러다가 뭔가 이상하여 인쇄된 글을 다시 읽었다.

　지난해 보살펴주신 厚誼에 깊이 감사드리며 새해를 맞이하
　여 幸運이 가득하시기를 기원합니다.

　얼핏 보면 더 이상 보태거나 뺄 것 없는, 흠잡을 곳이 하나 없는 문장이었고 흔히 쓰는 표현인데도 뭔가 이상했다. 다시 읽으

며 웃었다. 딱 두 군데 있는 한자, 그중에 하나가 나를 웃게 했다. 그 뜻이 좋으니 마냥 혼을 낼 수도 없어서 웃고 말았다. 금방 알 수 없는 미세한 실수로 악담이 되고 말았다. 인쇄소의 실수라고 봐야 되겠지만 그걸 미처 깨닫지 못하고 보낸 그 사람에 대해서 걱정이 되었다. 나한테만 보낸 것이 아닐 텐데.

두말 할 것도 없이 행운幸運이 가득하길 기원했겠지. 신운辛運을 기원했겠는가. 행幸을 신辛으로 잘못 쓰기 쉽다는 걸 이해하고 굳이 아는 척하지 않았다. 이런 걸 지적하면 내가 속 좁은 놈이 되고 '너 잘났다' 하며 목이 칼칼하게 매운 신辛라면이나 드세요 할까봐 웃고 넘겼다. 한 획이 만든 에피소드다. 덕분에 한바탕 혼자서 웃은 연말이었다.

어
떤
만
남

　　가을 햇살이 따사로웠다. 바람이 불지 않아
도 나무 그늘은 시원했다. 나뭇잎 그늘 사이로 비치는 햇빛 조각
을 하나둘 세며 걸어갔다. 어느새 나뭇잎이 하나둘 물들기 시작
했고, 여름의 왕성한 성장이 멈추었다. 길섶에 있는 무덤 위의
풀들이 무성하지 않고 가지런한 것에서 확연히 알 수 있었다. 산
길을 걷는 것은 이 계절이 특히 좋다. 이렇게 계절의 변화를 음
미하면서 걷는 맛과 조용한 고요를 즐기는 맛에 자주 산에 다니
고 있다.

　　그런데 오늘은 기분을 잡쳤다. 둘레길 휴양림에서 무례하게
팔자로 벤치에 드러누운 것도 볼썽사나운데 시끄럽게 음향기기
를 크게 틀어놓고서 떠드는 사람들이 있어서다. 그것이 심히 불

만스러워 다들 눈살을 찌푸리고는 있었지만 모두 다 별말 없이 그곳에 앉았다가 일어섰다. 그걸 못마땅해하면서도 아무 말 안 하는 것은 괜히 나섰다가 봉변을 당하기 쉽다는 것을 알고 있기 때문이다. 그들은 젊고 우리는 늙었다. 이제까지 앞서거니 뒤서 거니 하면서 걷던 중년의 어느 남자도 나와 비슷한 생각을 하는 것이 역력해 보였다. 그를 관심 있게 쳐다보았다. 그곳을 떠난 지 얼마 안 되어 휴대폰을 꺼내 어딘가로 전화를 걸었다. 곁에서 들은 전화기 속의 목소리가 듣기 좋았다. 두 사람의 통화 내용은 잘 몰라도 서로 안부를 주고받는 것 같았다.

"아주 다정해 보이시던데 부인이신가요?"

이렇게 불쑥 묻고 말았다. 벤치에서의 못마땅했던 기분을 공유해서인지 이런 나의 무례에도 흔쾌히 '그렇다'고 대답해주었다. 집사람, 집사람이란다. 내가 한번도 사용해본 적 없는 표현이었다. 내가 그의 막힌 물꼬를 터주었다. 객지에 혼자 살게 되면서 아침에 주로 전화를 한다고 했다. 어제 하루도 별일 없이 무사했고 밤새 안녕했다는 뜻으로 저녁이 아니라 아침에 주로 통화한다는 것이다. 골 깊은 그의 얼굴에는 객지에서의 오랜 혼자 생활이 그대로 드러났다. 가족을 만나는 경우는 일 년에 몇 번, 뜸하다는 것이다. 그래도 가족과의 끈을 보이지 않는 전화선에 기대어 잘 유지하고 있었다. 산길을 한 바퀴 돌고 헤어지게 되었을 때다. 뜻밖에도 그가 먼저 오늘 저녁 소주나 한 잔 하잔다. 그렇게 약속이 되어 술판이 벌어졌다. 누구나 하고 싶은 이야기가 있고, 이야기를 들어줄 사람이 필요하다. 나도 평소 말이 적은 편은 아닌데도 오늘은 그의 이야기 속에 간간이 추임새를 넣었을 뿐, 두 시간 넘게 들어주었다. 변변찮은 안주에 소주 세 병이 거덜 났을 때 둘 다 얼굴이 불콰해졌다. 해고를 앞둔 설움과 분노와 그 이후의 생계 걱정, 나이 60이 넘어도 아직은 일을 해야 하는 형편. 그런 이야기가 끊임없이 이어지며 줄거리에 따라 목소리가 올라가고 내려갔다. 그때마다 나의 장단 맞추기도 오르락내리락했다. 중년에 사업에 실패하고 이 일 저 일 전전하다가 드디어 안정된 일자리를 찾았나 했더니 또다시 쫓겨나게 되었단다. 그 분노와 허탈감을 끊임없이 토로했다. '확 뒤집어 버리고 싶다'는 극단적인 말을 들었을 때는 심히 놀랐지만 그저 묵묵히 듣고 있었다. 말리는 척하는 것이 타는 불길에 기름을 붓는 우를 범해 도리어 불길을 더 치솟게 할 수 있으므로. 내가 장시간 귀를 빌려준 대가로 술값은 기어코 그가 냈다. 그냥 그렇게 헤어지기에는 마음이 불편했다. 자리를 옮겨 맥주를 한 잔 하기로 했다. 자리를 옮기는 데 따라 화제도 새로운 것으로 바뀌어 아내와 자식들 이야기로 넘어갔다. 내가 그렇게 유도한 것이고 그건 아주 잘한 일이었다.

이때부터 그의 말에 활기가 넘쳤다. 내가 놀랄 만큼, 상상했던 것 이상으로 자식 둘이 좋은 대학을 나와 좋은 직장을 다니고 있

생계형 노동으로 객지를 떠돌고 있는 그가 앞길을 막막해하고 내 앞에서 푸념을 할 때 나는 귀를 빌려
주는 것 외에 아무런 도움도 주지 못하면서 딴생각을 하고 있었다. _사진 ⓒ 김상재

었다.

"집사람 잘 만난 덕이지요."

그는 그의 부인을 항상 집사람이라고 부르며 자랑스러워했다. 슬그머니 그쪽으로 이야기가 흘러갔다. 언제 다시 만나게 될지 기약할 수는 없어도 가족들 이야기를 하면서 웃을 수 있어서 좋았다.

이런 이야기를 하며 맥주잔을 기울였을 때 갑자기 참수斬首, 그가 참수라는 말을 썼다. 섬뜩했다. 이번에 회사에서 목이 잘리는 아픔과 분노를 그렇게 표현했다. 대화 내용에 따라 밝았다가 무겁던 분위기가 그만 웃음으로 반전되었다. 말한 그나 듣고 있던 나나 그 말이 생경해서 웃었다. 우리가 흔히 직장에서 강제로 나가게 되었을 때 목이 잘렸다고 하지만 똑같은 표현이라도 참수라는 말을 쓰니까 그 느낌이 달랐다. 웃었지만 술이 확 깨는 것 같았다. 이제까지 아내와 자식 이야기로 같이 웃고 떠들다가 이렇게 돌변한 것은 내일 아침부터 백수가 될 그 신세가 답답해서일 것이다. 울먹였다. 같이 분노하고 허탈해하지 않았을 뿐 그의 막말에 내 속도 은근히 시원했는데 내일 아침 신문에 뉴스로 그가 나올까봐 걱정이 될 정도였다. 생계형 노동으로 객지를 떠돌고 있는 그가 앞길을 막막해하고 내 앞에서 푸념을 할 때 나는 귀를 빌려주는 것 외에 아무런 도움도 주지 못하면서 줄곧 딴생각을 하고 있었다. 그가 그의 부인과 통화할 때의 마지막 말이 떠올랐던 것이다.

"응, 나는 잘 지내고 있어."

잘 지내고 있단다. 가장이었다. 내 앞에서는 괴로워하면서도 가장의 역할을 다하고 있었다. 그랬던 그가, 헤어질 때는 고개를 푹 숙이고 있었고 술을 마실 때의 호기가 사라졌다.

슬펐다. 떠나야 할 사람은 떠나게 되더라도 떠나는 사람이 저렇게 큰 상처를 입지 않고 떠나게 했으면 좋겠다. 참수해야 할 사정도 있었겠지만 저렇게 막말을 할 정도면 목을 자르는 사람이 잘한 일은 아니다. 목을 자른 정확한 연유야 알 수 없지만, 목이 잘리는 사람의 입장을 한 번쯤은 생각해보았으면 좋겠다. 목을 자르는 사람도 잘리는 사람도 사람이다. 한 사람의 생사가 걸린 문제를 조자룡 헌 칼 휘두르듯이 해서야 되겠는가. 저렇게 가슴 아파할 정도라면 그에게 큰 죄를 짓는 것 아니겠는가. 세상살이 동냥은 못 줄망정 쪽박을 깰 필요는 없는데 말이다. 아파봐야 아픔이 어떤 줄 아는 것이다.

사람이 어디서 어떤 일로 다시 만날지 모르는데 원한을 사서 좋을 건 뭐 있겠는가. 만남보다도 헤어짐이 더 중요하다는 걸 실감한 하루였다. 어차피 때가 되면 누구나 떠나는데.

비
자
금

　　정치판에서 떠도는 비자금 이야기는 그만
두자. 그 돈을 어떻게 만들고 어떤 용도로 썼는지도 그만두자.
그쪽은 구린내가 나고 판돈이 클 뿐이고, 우리 같은 개인도 남모
르게 한푼 두푼 비자금을 조성한 원죄가 있으니까. 샐러리맨으
로 일생을 보낸 평범한 사람들이 몇 푼의 비자금을 모으는 과정
을 보면 불쌍해서 눈물이 날 지경이다.

　꽤 오래전부터라고 할 수도 없고 그렇다고 최근에 만난 사이
라고도 하기 어려운, 그동안 친하게 지냈다 하기에도 그렇고 그
렇지 않다고 하기에도 어정쩡한 사람과 자리를 같이 하게 되었
다. 지난 연말 그가 다니던 회사에서 더 이상 버티지 못하고 그
도 결국 목이 잘리고 말았다. 그동안 여한 없이 일했고 현재 심

경은 담담하다고 했지만 백수의 동병상련이라고 갑자기 바쁘지 않게 되었을 때의 그 심정을 왜 내가 모르겠는가. 그래서 둘 다 백수가 되고 나서 더 가깝게 지내게 되었고 앞으로도 심심찮게 만나게 될 것 같다. 좋은 사람이다.

그를 위로한다면서도 내가 더 많은 말을 한 것 같아 개운치 않았지만 들어줄 건 대충 다 들어준 셈이다. 백수 선배인 내가 한 말을 귀 기울여 들어주어 고마웠고, 그의 강한 듯 약한 말을 끝까지 들어주었으니 나도 제값은 한 셈이다.

"힘내요 여보, 기죽지 말고……. 용돈 따로 넣었어요. 지난 30년 동안 수고하셨어요."

그가 이야기 도중 휴대전화를 꺼내 이런 문자 메시지를 보여주었다. 평소 출퇴근하면서 주머니에 동전이 생기면 문 앞에 둔 저금통에 넣던 것도 이제 그만, 오늘 아침에 그걸 박살내 살림에나 보태라며 나왔다는데, "저금통을 깬 그 돈은 당신 돈이니 보내주겠다"고 부인이 전화를 했더란다. 큰돈도 아니고 성가셔서 "그냥 살림에 보태라"고 역정까지 냈지만 막무가내더란다.

"당신이 매일처럼 한푼 두푼 모은 돈이니까 그 돈은 입금하겠다"고 한사코 우기는 것이 수상했는데 이런 메시지가 왔다는 것이다. 뭔가 기분이 이상해서 통장을 확인해보았더니 저금통에서 꺼낸 37만 8,000여 원 외에 1,000만 원을 더 입금했더라는 것이다. 나는 그 문자메시지를 읽고 술잔을 앞에 두고 한동안 가만히 있었다. 그도 잠시 말이 없었다. 다시 각자 술잔을 기울이면서 둘 다 샐러리맨의 비애를 생각하고 있었다.

대부분의 샐러리맨은 직장에서 나오는 순간부터 궁색해지기 시작한다. 조금 나은 사람이라도 얼마 후부터 마누라가 주는 넉넉하지 못한 용돈에다가 빈번하게 부닥치는 경조사에 낑낑대면서 횟수도 줄이고 금액도 줄이고 교류 범위도 줄이게 된다. 답답하고 부끄럽지만 그게 현실이다. 그 현실에 직면하게 된 그가 중얼거렸다.

"그래도 한동안 쓸 돈은 감춰됐는데……."

그의 목소리가 잠기고 눈시울이 뜨거워졌다. 왜일까? 목이 잘려서, 아니면 부인의 지혜로움을 상기해서? 부러웠다. 그 부인의 마음 씀씀이가 부러웠다. 이른바 비자금을 갖고 있는 그가 부러웠다. 그 바람에 술을 몇 병이나 더 먹었다.

최근에 이와 비슷하면서도 정반대 이야기를 들었다.

평생 마누라 덕에 사는 친구가 있었다. 변변한 직장이라고는 한 번도 없이 젊을 때는 노동운동을 하며 지냈고, 나중에는 백수건달로 지냈고, 최근에는 출가한 딸이 주는 용돈으로 생활하는 사람이었다. 젊을 때는 아내의 우상이었지만 평생을 생활 무능력자로 지내며 가장으로서의 권위가 무너졌고, 아무리 훌륭한 말을 해도 구박을 받았으니 매사에 모양 사납게 될 수밖에 없었다. 단지 돈을 못 번다는 이유로.

그런 그가 아내의 칠순 선물로 장미꽃 한 송이와 커다란 보따리를 선물했다. 선물을 받은 아내는 평생 흰소리나 하고 지낸 양반이 안 하던 행동을 한다며 핀잔을 주고는 보따리를 펼쳤는데 그 안에 현금으로 1,000만 원이 들어 있었다. 그 돈을 모으느라고 얼마나 고생했겠나 싶어서, 그 정성이 밉고도 고마워서 그 부인은 목이 메어 울었다. 딸과 부인이 준 용돈을 모으고 모은 1,000만 원, 그것도 비자금이라 해야 하나. 아니면 젊은 날의 우상으로 복귀한 대가라 해야 하나.

"남자들이 밖에서 죽어라고 돈을 벌어 마누라한테 다 주고는 매달 얼마씩 타 쓰는 바보 같은 짓은 하지 마라"라고 아버지는 자주 말씀하셨다. 옛날에도 월급봉투를 통째로 아내에게 주고 그때마다 필요한 돈을 타 쓰다가 퇴직 후 꼴이 말이 아닌 사람들을 보셨다는 말씀인데, 그 말씀이 옳았다.

아버지가 남기신 말씀 중에 내가 기억하는 가장 위대한 명언이고 나는 그걸 충실히 지켰다. 나는 월급을 꼭 내 통장으로 입금시켜 매달 아내 통장에 일정 금액을 입금시켰다. 남은 돈으로 용돈을 쓰고 얼마쯤은 비축해왔다. 그러다가 내가 본격적으로 비자금 조성에 나선 것은 50대 중반에 우리 회사에 합류하게 된 사람의 열변이 결정적이었다. 우리 회사에 오기 전 몇 년 동안 공백기를 거치며 용돈을 타 쓰는 궁상맞은 짓을 하면서 비자금의 필요성을 뼈저리게 느꼈다는 것이다. 친구들과의 모임이나 경조사에 소요되는 비용에 대해 일일이 아내의 재가를 받아야 했고, 백수의 지위에 걸맞은 비용 심의가 일방적으로 이루어지면서 꼴이 말이 아니게 되었다는 것이다. 듣는 우리들에게 곧 닥칠 일이라 실감이 났었다. 샐러리맨의 그늘이었다.

또 다른 대동소이한 이야기다. 직장생활하면서 아내 모르게 기회가 될 때마다 뒤로 돈을 숨겨두는 사람들을 좀스러운 인간이라고 비웃던 친구가 백수생활 2~3년도 되지 않아 그게 얼마나 한심스럽고 물정 모르는 말이었는지, 비자금을 만드는 사람들이 얼마나 훌륭하고 선견지명이 있었는지 모르겠다고 하소연했다. 아내 통장으로 입금된 돈이 내 돈이 아닌 걸 아는 데 그리 긴 시간이 필요하지 않더라는 것이다. 비자금이 없고 돈도 못 버니 남편이자 아버지인 그가 가정 내에서 설 곳이 자꾸만 줄어들었고 집안 대소사에 있어서도 사실상 발언권이 없어졌다는 것이다. 돈이 필요해서 아내에게 몇 마디 꺼냈다가, "다른 남편들은 아내 모르게 비자금도 잘 만들던데 당신은 그동안 뭐 했어요" 하는 대답에 정이 뚝 떨어지더라는 것이다. 이젠 경조사는 물론 친구들과의 가벼운 모임에 가는 것도 겁난다는 말을 했다. 돈이 필요하다는 말을 꺼내기가 싫어서.

백수생활 몇 년, 서글픈 현실이 눈앞에 닥치면서 이대로 곶감 빼먹듯이 비자금을 살금살금 빼먹다가는 얼마 못 가 거덜이 날 것 같은 위기감을 감출 수 없다. 이대로라도 놔두면 좋으련만 내가 몇 푼이라도 쥐고 있는 줄 눈치로 때려잡은 아내는 기회만 있으면 그걸 빼먹으려고 혈안이다. 그 돈이 바닥을 드러내고 다 떨어지면 내가 거꾸로 손을 내밀 수밖에 없지만 그것이 녹록지 않을 건 뻔하다. 접시 물에 코 박고 죽든지, 아니면 한 채뿐인 집을 팔아 자존심을 세워나가는 수밖에 없다. 얼마쯤은 다들 감추어 둔 줄 알았더니 주변을 돌아보면 나 같은 경우도 희귀하다.

내가 번 돈을 가지고 스스로 비자금이라고 부르다니 이런 슬픈 일이 어디 있는가. 엄연히 내가 번 내 돈을 조금씩 후일을 위해 저축한 것인데 비자금이란 말 자체가 억울하다.

월급날이면 아내에게 월급봉투를 내놓고 그날만은 잘 차린 술상 앞에서 아내에게 으스대던 시절이 끝난 지 오래되었다. 그 때도 경리과 앞에서 이중 봉투를 만들던 선배들이 있었는데 비자금이라기보다는 외상값을 갚기 위한 궁여지책이었다. 월급날이면 술집이나 다방 여자들이 활개를 치며 회사의 이 방 저 방으로 돌아다니던 풍경은 케케묵은 역사적 유물이 되었다. 요즘 사회 분위기로 봐서 얼마 있으면 우리 같은 비자금도 역사적 유물이 되지 않을까 모르겠다. 부부간에 금전관계가 투명하고 서로 신뢰가 쌓이면 이럴 필요가 없다고? 그게 바보 같은 생각이라는 걸 아는 데 얼마 걸리지 않는다고 단언한다. "월급을 받는 대로 나한테 맡겼으면 우리 살림이 훨씬 나아졌으리라"는 아내의 말은 인정하지만 그 말에 현혹되지 않은 건 백번 생각해도 잘했다.

퇴직 후 부부간의 역학관계가 확연히 달라지고 있다. 한때는 목청이 컸었더라도 어떤 이유로든 고개 숙인 남자가 많아지고 있다. 서글픈 백수가 되기 싫으면 미리 대비해야 한다. 만사 유비무환이다.

그렇다면 비자금은 얼마나 필요한가. 다다익선多多益善.

여우와 신포도

　　베이비부머 세대가 오말육초(50대 후반, 60대 초반)가 되면서 몇 년 사이에 일손을 놓고 쏟아지고 있다. 평균수명과 건강상태가 좋아지면서 생물학적 나이에 0.8을 곱한 나이가 진짜 자기 나이라는 말이 도는데 그렇게 따지면 대개 오십대 초반의 젊은이다. 청신하고 발랄했던 시절은 지나갔다지만 그렇다고 축 처져서 지내기에는 젊은 나이다. 일손을 놓게 되었다는 말은 쓰지만 굳이 은퇴라는 말을 쓰기에는 왠지 내키지 않는 나이다.

　　그런데 어느 날 일손을 놓게 되었다. 내 경우에도 일손을 놓게 될 날이 머지않아 다가오는 것을 알고 있으면서도 나는 예외이고 특별하지 않을까 하는 생각을 하며 애써 부인하곤 했다. 심지어 은퇴 후의 삶에 대한 막연한 꿈과 상상을 하며 즐거워하기도 했다.

그런 내가 일손을 놓으면서 할 일이 없어졌다. 허전하고 허탈하고 공허했다. 하루아침에 경제적 주체로서의 존재감이 사라지면서 가장으로서의 권위와 역할이 무너지고 삶에 회의감을 느꼈다. 모양새가 사나워지고 위축되고 스트레스가 증가했다. 아직도 일을 하는 또래 사람들이 부러워서 은근히 그들과 거리를 두게도 되었다. 점심 약속을 끝내고 그들은 일터로 가고 나만 집으로 돌아올 때 그 성의는 고마웠지만 다음번에는 식사 자리를 사양하고 싶었다. 그리고 농담 반 진담 반으로 "이러다가 일만 하다가 죽는 것 아니냐"고 푸념하는 70대 선배의 말을 대범하게 웃어넘기지 못했다. 아직도 나를 필요로 하는 일자리가 있다며 지방으로 내려가 주말부부가 되는 또래들이 내심 부러웠다.

이런 차에 은퇴 이후 대부분의 사람들이 말기 암 환자가 겪는 것과 비슷한 심리적 변화를 겪는다는 이야기를 듣고 흥미로웠다. 남자에게 일손을 놓는다는 것은 죽음에 상응하는 정도의 충격을 준다는 뜻이다. 나도 예외가 아니었고 그런 과정을 거치면서 순응해갔다.

1단계 : 거부 – 은퇴가 가져오는 신체적, 정서적, 사회적 변화를 부정하는 단계.

2단계 : 우울 – 상실의 비애를 느끼고 의기소침하며 살아갈 걱정에 빠지는 단계.

3단계 : 분노 - 몸담았던 회사나 동료가 도움을 주지 않는다고 불평하고 분노하는 단계.

4단계 : 수용 - 현실을 인식하고 새로운 계획을 세우고 은퇴에 맞는 일상 활동을 시작하는 단계.

일손을 놓고 난 초기, 나에게 닥친 현실을 부정하기도 하고 달라진 환경에 우울해하고 누군가에게 분노했다. 또 내 나름의 길을 찾아보기도 했지만 돈을 벌면서 보람 있게 일할 곳이 쉽게 눈에 띄지 않았다. 특별한 기술이나 기능이 있는 것도 아니어서 눈높이를 낮춘다고 일자리가 나올 형편도 아니었다. 투자니 창업이니 하는 위험 부담이 큰 새로운 뭔가를 찾기는 두려웠고 아예 방향을 돌려 내 나름의 재능기부라도 할 일을 찾아보았지만 나이라는 벽이 생각보다 높았다.

시간이 지나면서 현실을 인정하게 되었고, 새로운 시각으로 세상을 보기 시작했다. 이렇게 남들보다 빠르게 소프트 랜딩하는 데는 나에 대한 더 이상의 기대를 일찌감치 접었다고 말하는 아내의 도움이 컸다. 그동안 가장 노릇하느라고 고생했다는 말이 고마웠다.

"나한테 남은 시간이 무한하지 않다는 걸 알게 되었고 앞으로는 우선순위를 정해서 살아야겠다는 걸 깨달았다"라는, 암 수술을 하고 회복 중인 소설가 이문열 씨의 말도 도움이 되었다.

'지금 나에게 가장 소중한 게 무엇인가.' 그것을 우선시하자
는 쪽으로 방향을 돌렸다. 두말할 것 없이 '건강한 삶, 건강한 노
후'가 먼저 떠올랐다. 돈 버는 일에 취해 몸 상하고, 그동안 벌어
둔 돈을 나중에 병원비로 날리는 어리석음은 범하지 말자고 다
짐하면서 이솝 우화의 〈여우와 신포도〉이야기가 생각나 웃었
다. 웃으면서도 웃고 넘기기는 어려운 현실이 닥친 것이다. 돈
벌 일이 있으면 마다할 것이 아니면서 괜히 해보는 말임을 내가
더 잘 안다.

여하튼 건강하기 위해서는 몸을 많이 움직이는 것 못지않게
모든 면에서 절제하는 것이 중요하다고 생각했다. 그래서 '60대
는 몸 만들기, 60세 이후는 70퍼센트에 만족'하는 것으로 내 나
름의 모토를 정해 실천해보기로 했다. 절제, 한 예를 들어 식사
량이다. 음식을 남기지 않고 먹는 것을 미덕으로 생각해왔고 먹
는 것을 무척 좋아하는 나에게 위장의 70퍼센트를 채우고 마는
것은 일종의 고통이지만 가능한 한 그렇게 해보기로 했다. 다른
면에서도 소욕少慾하고 안분지족安分之足하기로 정하니 마음이
편해졌다. 내가 가지고 있는 것이 내가 원했던 것의 70퍼센트는
된다고 생각하니 감사해졌다.

공
자
가
라
사
대

　　2,000년 전 공자의 가르침, 고등학교 교과
서에 나와 우리에게 익숙한 《논어》의 〈학이편學而篇〉이 머릿속
에 떠오른다. 공자의 가르침이 지금에 와서 오히려 더 깊이 새
겨진다.

　건강한 삶에 필요한 것을 2,000년 전 공자가 가르쳐주고 있다.

　학이시습지學而時習之면 불역열호不亦說乎아

　(배우고 때때로 익히면 또한 기쁘지 아니한가.)

　유붕有朋이 자원방래自遠方來하니 불역낙호不亦樂乎아

　(벗이 먼 데서 찾아온다면 또한 즐겁지 않겠는가.)

　인부지불온人不知不慍이면 불역군자호不亦君子乎아

　(사람들이 알아주지 않아도 성내지 않으면 또한 군자답지 않은가.)

* '학이시습지면 불역열호아'라고 중얼거릴 때는 한참 공부를 할 때라 배우고 때때로 익히는 것이 기쁘기는커녕 힘이 들었고 그 말을 흘려들었다. 그냥 공부에 힘쓰라는 권학勸學으로 생각했고, 천성적으로 배우는 걸 좋아하는 공자 같은 성인이나 그렇겠지 했는데 바야흐로 은퇴를 한 지금은 공자의 혜안에 감탄하고 있다. 공자는 학문을 좋아했지만 공자가 말한 것이 학문만이 아닐 것이라고 해석하면서다. 사진이든, 악기든, 그림이든, 수영이든, 요가든, 무엇이든 자기가 좋아하는 것을 배우고 때로 익히면 기쁠 수밖에. 그럴 마음과 시간이 있다니 얼마나 행복한가. 은퇴 후에 갖는 행복이다.

* '유붕이 자원방래하니 불역낙호아'다. 친구라면 죽고 못 살 것 같던 젊은 시절에는 천리 길도 멀다 하지 않고 친구를 찾아다녔지만 이제는 나를 보고 싶어서 먼 길을 찾아온다면 만사를 벗어놓고 맞이할 때다. 얼마 전 그런 사람이 나를 찾아와 감격하고 행복했다. 노년의 삼대 불행, 〈질병, 가난, 고독〉 가운데 어느 하나 소홀히 할 것은 없으나 앞으로 점차 외로움을 느끼고 이를 극복해야 할 때가 다가온다. 지금이라도 주변 인간관계에 신경을 쓸 때다. 다만 넓게 보다는 깊이 사겨야 될 때다. 언젠가 90세 노인이 하는 말을 들었다. "미웠던 친구도 살아 있으면 좋겠다." 2,000년 전의 공자도 친구의 중요성을 강조했으니 노년에 외로

움을 많이 느꼈나 보다. 가까이 어울려 술잔을 기울일 친구가 심심찮게 있어 행복하다. 말벗이 있다는 건 행복이다.

  * '인부지불온이면 불역군자호아'란 말은 세간에 잘 알려져 있지 않지만 나는 이것이 오히려 삶의 정곡을 찌르는 말이라 생각하고 깊이 새기고 있다. 사람들이 알아주지 않아도 성내고 서운해하지 않을 수 있다면 군자다. 이 말은 대접을 받고 싶어 하는 인간의 심리를 그대로 꿰뚫고 있다. 부끄럽게도 보잘것없는 나도 그렇다. 은퇴 후에 나를 몰라주어도 성내지 아니하고 평등한 백수라는 현실을 직시하고 살면 내 주변 세상이 훨씬 밝아질 것이다. 별로 대단치 않은 자리에 있었던 사람들이 흘러간 옛노래를 부르고 있는 꼴을 보면 눈쌀이 찌푸려진다. 사람의 서운함과 다툼의 대부분이 여기서 비롯된다.
  군자, 덕스러운 사람이 되기는 참으로 어려워도 서로 허물없이 편하게 지낸다는 건 행복이다.
  기원전 551년에 태어나서 73세까지 살다가 죽은 공자는 지금으로 따지면 100세 넘게 산 것이다. 아마 이런 마음으로 살아서 그럴 것이라고 한다면 나의 섣부른 억측이 될까. 여하튼 장수의 비결로 생각해볼 만하다.

  우리 나이의 은퇴는 어중간하다. 능력도 있고 건강도 있다. 그런데 불행히도 능력이라는 것이 조직에 있을 때의 능력이 대부분이고 그 능력으로 젊은 사람보다 더 잘하란 법도 없다. 또 그런 능력을 사줄 만한 일자리가 적다. 보람 있는 일을 찾고 싶지만 그것도 쉽지 않다. 그렇다 하여 죄책감을 갖고 스스로를 괴롭힐 필요는 없다. 우린 수십 년 동안 수고를 많이 했다. 가정을 꾸려왔다. 자긍심을 가질 필요가 있고 스스로를 위로할 때다. 따 먹지도 못하는 포도에 목을 맬 필요가 없고 따 먹지 못하는 포도라면 시어서 못 먹는다고 돌아설 줄 아는 지혜가 필요하다. 내 경우 이런 현실을 인정하면서 자유로워졌다.

중년이라 하기도 노년이라 하기도 어정쩡한 그 중간 단계, 양쪽의 고리가 되는 은퇴 후 10년 정도가 내 인생에서 가장 중요한 시기였음을 머지않아 깨닫게 될 것이란 생각이다. 걱정하고 초조해하며 시간과 정력을 낭비하기에는 아까운 귀중한 시간이 흘러가고 있다. 인생은 무한하지 않고 우수와 고통으로 가득 찬 나날을 보내기에는 남은 날이 생각보다 짧다.

은퇴를 하면서 그동안에 알고 지내던 사람들과의 만남이 주는 묘한 스트레스에 시달리다가 같은 취미를 갖고 있는 사람들과 어울리게 되었다. 이질적이지 않아서 좋고 이제까지와는 전혀 다른 사람들과의 만남이 주는 활력에 심취해 있다. 그밖에도 얼마 전부터 각종 배움의 과정에 적극 동참하고 있다. 싸고 유익하다. 입회비 5,000원을 내고 아주 젊은 노인 회원이 되었다. 한

끼에 2,500원 하는 구내식당에서 줄을 서면서 진짜 노인들의 사는 이야기를 들었다. 같은 식탁에 앉아 묻는 말에 대답만 하고 있으면서도 내가 얼마나 많이 가졌는지를 새삼 느끼고 고무되었다. 그 노인들에게도 젊은 날이 있었고 화려한 때가 있었다. 통성명을 하지 않고 과거를 묻지 않는 만남은 편하다. 적은 돈으로 배우고 때로 익히니 이 또한 기쁘지 아니한가. 공자가 머리를 쓰다듬었다.

참으로 다양한 모습의 노후를 본다. 다들 건강하고 행복한 노후를 기약하고는 있는데 실상은 그렇지만은 않다. 행복한 노후 생활을 말하면서도 현실에 그냥 안주하고 있고 막상 구체적인 실행방안이 약한 걸 많이 느꼈다.

긴 직장생활에서 내가 배운 게 무엇인가. 그것을 바탕으로 죽기 전에 내가 하고 싶은 버킷리스트를 만들고 비전을 그려본 다음, 어지간하면 구체적으로 계량화해 측정 가능한 실행방안을 만들었다. 가급적 허황되지 않고 실현 가능한 것으로 목표를 정했다. 실현 가능해야 중간에 포기하지 않는다. 인생의 설계도 마찬가지다.

"5년 전부터 색소폰을 배웠는데 장모님 팔순 잔치 때 멋들어지게 불러서 그 자리에 모인 친지들을 기쁘게 해드린 것이 보람이 있었다. 앞으로 색소폰이 가장 친한 친구가 될 것이다." 이렇게 말한 친구가 돋보였다. 그런 것이다.

"책을 읽고 낭독하고 토론하는 모임에 일주일에 한 번씩 오갈 때가 가장 행복하다." 진정한 행복을 찾은 듯이 만날 때마다 지난 주 읽고 낭독한 책을 말씀하시며 황홀해하는 일흔이 넘은 분의 모습이 아름다웠다. 그런 것이다.

매일 아침 신문과 함께 하루를 시작하고 새로운 소식과 문화를 글로 접하는 것이 즐겁다. 정치면이나 경제면은 헤드라인이나 읽고 만다. 아들딸에게 넥타이니 옷이니 하는 것은 이젠 다 필요 없으니 내가 좋아하는 책을 선물하라고 한다. 책이나 신문을 통해 고민해보는 것이 인터넷이나 TV보다 훨씬 뇌 건강에 좋다고 하는데 편한 자세로 책을 읽다가 잠이 들면 나는 행복하다.

가을 햇살이 따가운 날, 함께 책을 읽다가 얕은 졸음에 겨워 어깨를 기대고 코를 골고 있는 늙은 부부가 내가 상상하는 아름다운 미래의 모습이다. 보글보글 끓는 된장찌개를 앞에 놓고 밥을 먹고 식후에 커피 향을 즐기며 서로 토닥거리는 정겨운 늙은 부모가 되는 것은 이를 바라보는 자녀들에게 큰 축복이다. 그런 노년이 되고 싶다. 소설가 마크 트웨인Mark Twain이 한 말을 금과옥조처럼 기억한다.

"20년 뒤를 상상해보라. 지금 한 일보다 하지 않은 일 때문에 후회하고 있을 것이다."

2

나는 밖에서 안으로 들어왔고,
아내는 안에서 밖으로 나갔다

제
국
의
쇠
퇴

　　주변에선 나를 보고 현대판 조선 여자와 산
다고 했다. 나는 나만 그런 게 아니고 누구나 그런 줄 알았다. 아
내라는 여자는 남편이 출근할 때 따뜻이 배웅하고 남편이 집에
돌아오면 맛있는 된장찌개를 끓여 대령하는 게 당연한 줄 알았
다. 그것도 내가 손을 씻는 동안에 바로 밥상을 차려놓는 게 바
깥에서 하루 종일 일하고 오는 남편에 대한 도리인 줄 알았다.
아침이면 갈아입을 내의와 양말을 가지런히 내놓고 양복에 어울
리는 넥타이를 골라서 매주는 걸 당연한 것인 줄 알았고, 엘리베
이터 앞까지 나와 배웅하는 걸 지극히 당연한 줄 알았다. '물'하
면 물이 나오고, '커피'하면 커피가 나오는 자판기인 줄 알았다.
또 내가 몇 시에 집에 돌아오든, 밖에서 무슨 짓을 하든 묻지도
말고 바깥일에는 아예 관심을 갖지 않기를 바랐다. 세상이 좋아

져 빨래도 밥도 청소도 기계가 다 해주는 안락함에 만족하기만을 바랐다. 여자는 모름지기 집에만 있어야 되고 애나 키우고 살림이나 잘 하기를 바랐고 남편과 자식들을 위해 모든 걸 바치기를 바랐으며 그러는 줄 알았다. 그런 나의 바람에 아내가 순종하면서 당연히 즐겁게 사는 줄 알았다. 나와 함께 똑같이 늙어 가는데도 아내는 덜 늙는 줄 알았다. 그런 줄 알고 30여 년을, 애들이 출가한 오늘날까지 살아왔다. 그런 나의 제국은 난공불락의 성채처럼 견고했다. 아니, 그렇게 굳게 믿었고 영원할 줄 알았다.

어느 날부터 갑자기 출퇴근할 일이 없어지고 자유로워지면서, 아니 집에 있는 날이 밖에 나가는 날보다 더 많아지면서 자연스럽게 아내의 생활을 들여다보기 시작했고 아내를 다시 보게 되었다. 무쇠인 줄 알았더니 아플 줄도 알았고, 집에만 처박혀 있는 줄 알았더니 밖에도 나가고, 먹는 것이고 입는 것이고 가리지 않는 줄 알았더니 좋아하는 것도 있었다. 집에만 있는 줄 알았더니 나보다 싸고 맛있는 음식점을 더 많이 알았다. 이런 새로운 사실을 알게 되는 데는 오래 걸리지 않았다. 내가 벌어다 주는 돈을 감지덕지하며 살림이나 꾸려온 줄 알았는데 그게 아니란 것을 아는 데 오래 걸리지 않았다. 나들이라 해야 기껏 시장이나 다니며 장보기나 하고 가끔 애들 학교나 오가는 줄 알았던 아내가 그 나름의 생활이 있고 나를 두고도 외출을 할 줄 알았다. 나를 따라 외출하는 것이 아니라 나를 두고 나가도 크게 미안해하지 않고 망설이지 않았을 때 소스라치게 놀랐다. 아내는 평소와 다름없이 행동하였을 뿐이고 내가 그런 모습을 처음 본 것일 뿐인데도 처음엔 전차에 머리가 박힌 듯 멍했다. 나는 밖에서 안으로 들어왔고 아내는 안에서 밖으로 나갔다.

그렇게 불과 몇 달이 흐른 어느 날이다.
"내일 친구들하고 1박 2일 놀러가기로 했는데……." 말끝을 흐리기는 했지만 그건 동의나 승인을 구하는 것이 아니라 거의 일방적인 통보였다. 일생 이런 일은 처음이다. 집에 있는 남편한테 크게 뒷바라지 할 일이 없다는 뜻 아니겠는가. 예전 같으면 감히 생각지도 못할 일이 벌어졌다. 화를 왈칵 내야 할 때 정작 말꼬리를 흐리는 건 오히려 나니 별일이다.
'난, 그러면 하루 종일 뭐하지…….'
나의 혼잣말에 아무런 대답이 없었다. '애들처럼 그런 건 왜 묻느냐, 알아서 하라'는 뜻이겠지만 고압 전류에 감전된 듯 순간적으로 멍청해졌다. 내가 마주대고 부정하지 않는 걸 제멋대로 묵시적 동의와 승인으로 간주하고 다음날 일찌감치 나서는 아내를 멀뚱멀뚱 쳐다보다가 문 앞에서 정중히 배웅했다. 예전에 내가 호기 있게 출근했을 때 아내가 그렇게 했었는데 순식간에 역전극이 벌어졌다. 아내가 알아서 했듯이 지금부터는 내가 알아서 보내야 할 시간이 되었다. 곰탕이 끓여져 있었다.

둘이 살다 한 사람이 없어지니 한 사람이 없는 것이 아니라 반이 없어진 텅 빈 공간이다. 아내가 긴 세월, 내가 출근하고 나서 이런 빈 공간 속에 혼자 있었다는 사실을 나는 한 번도 생각해보지 않았다. 치열한 삶의 전쟁터로 나가는 가장의 입장에서 뒤를 돌아보지 않는 결단과 용기와 엄숙함이 나는 필요했고, 아내에게 내 발걸음이 흔들리지 않도록 하기만을 강조했다. 아내에게 오직 내가 집안일을 신경 쓰도록 하지 않기를 바랐고, 지친 나를 위로해주기만을 바랐다. 그런데 어느 날부터 전쟁터고 어디고 나갈 필요가 없어졌다. 씨받이 종마의 역할이 끝난 것이다. 한숨을 쉬고 이럴 수가 없다고 소리쳐봐야 벽보고 소리치는 격이라는 걸 알게 되는 데 얼마 걸리지 않았다.

아내가 나가고 나서 침대 위를 뒹굴며 다시 늘어지게 자보려 했지만 제대로 잠이 올 리 없었다. 오래 누워 있지 못하고 벌떡 일어났다. 이 기회에 그렇게 오랫동안 갈망해왔던 '혼자만의 여행'을 하기로 했다. 아내가 나가면서 차려놓은 밥상을 돌아보지 않는 것으로 내 심사를 대신했다. 그동안 누구한테도 구애받지 않고 혼자서 가고 싶은 곳이 어디 한두 군데였겠느냐만은 막상 무한한 시간이 주어져 내 맘대로 자유롭게 떠나려고 하니 갈 곳이 마땅치 않았다. 그렇게 많고 많았던 가고 싶었던 곳이 갑자기 필름이 끊어진 듯 한 군데도 생각나지 않았다. 이럴 리가 없는데 별일이었다.

행선지를 따로 정하지 않고 남으로 차를 몰았다. 고속도로를 주행하면서 한 번도 추월하지 않고 다닌 것은 난생 처음이었고, 별 볼 일도 없는데 휴게소마다 들른 것도 난생 처음이었다. 괜히 화장실을 가고 커피를 마시고 바삐 움직이는 사람들을 우두커니 쳐다보았다. 그들은 갈 곳이 있었다. 산야는 겨울에서 봄으로 파랗게 바뀌고 있는데 나는 단풍잎이 떨어지는 가을에서 겨울 눈밭으로 들어서고 있었다. 차 안 라디오에서 들려오는 음악도 감미롭게 들리지 않았고 성우들의 목소리가 구수하기보다는 씁쓸하게 들렸다. 창밖을 내다보며 제한속도보다 느리게 여유롭게 다니는 척했지만 가슴 한쪽이 비어 있는 양 허전했다. 이럴 때 전화해주는 사람은 구세주가 될 텐데 그 흔한 상업성 권유전화 한 통 없었다. 오자마자 끊거나 아예 받지도 않는 인터넷 전화도 열심히 끝까지 들어줄 용의가 있었는데 그마저 없었다. 그나마 중절모를 쓰고 옷을 제대로 챙겨 입고 나왔기 망정이지 아니면 온몸이 시리고 추웠겠다. 몸보다 마음이 추웠다.

객지에서 혼자 자 본 것이 얼마만인가. 출장이란 이름을 빼고 나면 처음이지 싶다. 출장을 가더라도 누군가하고 반주를 걸치고 잠을 자러 갔지, 이렇게 혼자서 막막한 기분으로 자 본 적은 없었다. 어색하고 부자연스러웠다. 이렇게 갑자기 주어진 자유가 결코 자유롭지 않았다. 고삐 달린 망아지처럼 말뚝에 매여 있을 때는 항상 그 끈을 끊어버리고 해방되고 싶었는데 이렇게 일과 아내에게서 해방된 지금, 이 많은 시간을 주체하지 못해 서성거리다니 어이가 없고 한심했다. 긴 밤을 객지에서 홀로 보낼 생각을 하니 끔찍했다. 결국 이 사람 저 사람에게 안부 전화나 해볼까 하다가 왠지 처량해서 망설이다가 그만두었다. 그렇게 많던 사람들과의 연결망이 갑자기 블랙아웃되었다. 쓸데없는 공상을 하고 한숨을 짓다가 평소엔 안 하던 짓을 하고 말았다.

"잘 놀고 있지요?"

늦은 시간까지 잘 놀고 있을 아내, 아니 마님에게 정중하게 문안 인사를 드렸다. 내가 생각해도 참 많이 변했다. 여기에 보태어 남녘에는 매화가 활짝 피었다는 봄소식도 전해드렸다. 거울 속에 비친 내 머리카락이 하룻밤 사이 매화처럼 하얗게 변했다는 말도 하고 싶었는데 차마 그 말은 덧붙이지 못했다. 곁에 둔 라디오에서는 한물간 싸이의 강남스타일이 신나게 들렸다. 한때는 나도 신나게 춤을 추는 강남스타일이었는데 싸이처럼 한물갔다. 그렇게 갈망하던 자유가 이렇게 허전함을 주는 줄 예전엔 미처 몰랐다. 잠을 청하지 못하고 이런 공상에 잠기며 아내로부터의 회신을 기다리고 또 기다렸는데 마님은 끝내 답장이 없었다.

그 다음날에도 내가 보낸 메시지에 대한 일언반구도 없는 걸 보고 한마디 하고 싶은 걸 꾹 참았다. 가슴속에서 뭔가가 불끈 치솟았는데도 '미안해서 그렇겠지' 하고 애써 이해했다. 변했다. 아내가 변했다. 내가 더 많이 변했다.

그리고 얼마 후, 여태 내가 해본 적이 없는 쓰레기를 버리며 집안일을 거들고 조금씩 목소리가 죽어갈 때다. 또다시 제주도 여행을 가겠다고 아내가 통보해왔다. 내가 아는 모임의 사람들이라 반대할 이유는 없지만 이제는 그런 말을 꺼내는 데 별로 주저하는 기색도 없었다. 여럿이서 매달 모은 돈으로 여행을 간다고 당당히 말했다. 그 돈은 누가 벌어다준 거냐고 농담 삼아라도 되묻지 못했다. 이럴 때 그런 농담을 하든지 적어도 못마땅한 기색이라도 하는 게 과거의 내 스타일인데 의외였다. 그 사이가 얼마나 되었다고 내가 득도를 했단 말인가, 기가 막힐 일이다.

"하루라도 젊을 때 노는 게 좋지."

내가 이렇게 말하다니, 어차피 보낼 거 기분 좋게 보내야겠다는 깨달음의 발로다.

"나는 그동안 템플스테이나 하고 와야겠다."

이렇게 한마디 덧붙인 것으로 오케이 사인을 했다. 평소에도 템플스테이를 한 번쯤은 하고 싶었고, 어느 절에선가 그에 대한 안내를 받은 적도 있어서 불쑥 나온 말이었다. 가타부타 말이 없었다. 템플스테이를 하면서 마음을 정화하고 싶었다. 그런데 마님이 제주도 놀러간 며칠 동안 템플스테이는 가지 않고 텅 빈 집에서 홈스테이를 했다. 사찰보다 더 적막한 곳에서 허기를 느끼며 이리 뒹굴 저리 뒹굴 늦은 밤까지 명상을 했다. 오랜 명상 덕분에 바뀐 현실에 순응해가는 게 현명하다는 깨달음을 얻었다. 해탈의 경지에 이르렀다. 템플스테이 대신 홈스테이를 하면서 돈이 굳었다. 라면으로 때운 몸과 마음의 허기가 그대로 있었다.

환갑을 맞아 친구 부부들과 해외여행을 갔을 때다. 가이드의 말에 솔깃하여 옵션인 그 나라 민속 공연을 아내와 상의 없이 덜컥 예약해놓고 두어 시간 관람한 적이 있었다. 비싼 관람료가 조금 흠이지만 그만한 가치가 충분할 만큼 재미있었다. 나와는 달리 아내는 지루했고 그 돈이 아까웠나 보다. 마님의 승낙 없이 덜컥 예약한 것이 마음에 거슬렸는지 여행 기간 내내 그 말을 했다. 틈만 나면 오메가 쓰리니 화장품이니 배낭이니 모자니 티셔츠니 장난감이니 이런 걸 고르는 아내를 보고 한마디했다가 그때마다 본전도 못 찾았다. 민속 공연 관람한 걸 꼭 끄집어내는 것이었다. 남자는 꼭 필요한 걸 비싸게 사는 반면에 여자는 쓸데없는 걸 싸게 사고 자랑스러워한다는 말이 딱 맞았다. 그러고 보니 내가 사지 말라 해서 안 산 적은 없다. 이렇게 세력 균형이 점차 깨지고 있다.

역사상 영원한 제국은 없다. 그걸 알고 있지만 어떤 경우에도 제국의 종말이란 말을 쓰지 않는
건 나의 마지막 자존심이다.

어느새 가정에서 '군림하나 통치하지 않는' 격이 되고 말았다. 세상의 흐름에 이렇게 순응하며 말할 수 없는 비애를 느낄 때면 내가 혼자서 중얼거리는 게 있다. 제국의 붕괴를 막기 위해서 그렇게 할 뿐이라는 것이다. 아령을 하듯이 괜히 팔뚝에 힘을 주면서 속으로 하는 말이다. 안간힘을 쓰고는 있지만 이렇게 '제국의 쇠퇴'를 몸소 겪고 실감하고 있다. 친구 녀석들은 이런 걸 벌써부터 겪었는지 이런 말을 하는 나를 보고 답답해하고 한심해한다. 그들은 벌써 주눅이 들었고 나름의 홀로서기를 하고 있다. 나도 그것이 내가 앞으로 나아갈 길임을 알고 있다. 역사상 영원한 제국은 없다. 그걸 알고 있지만 어떤 경우에도 제국의 종말이란 말을 쓰지 않는 건 나의 마지막 자존심이다. 차마 그 말은 쓰고 싶지 않다.

아
내
와
의

재
혼

"나는 당신에게 어떤 존재일까?"

그렇게 아내가 물어왔을 때 나는 순간적으로 당황했다. "나는 필요할 때 꺼내 쓰는 물건이나 통장도 아니고 가정이라는 울타리를 지키는 파수꾼이 아니다"라는 말에 더 당황했다. 갑자기 헨리크 입센의 희곡 〈인형의 집〉에 나오는 노라를 연상케 했다. 나는 그동안 착한 아내를 두었다는 생각을 하고 살아왔고, 아내가 물이나 공기처럼 항상 내 곁에 있어 특별히 소중하다는 생각을 하고 살지 않았다. 거두절미하고 아내가 그런 물음을 하게 한 내 잘못이 크다. 집안 살림이나 잘 하고 남편을 잘 받들고 남편이 무슨 짓을 하든지 크게 신경 쓰지 않는 아내이기를 바란 내 잘못이 크다. 내 탓이다.

처음엔 사소한 일에 지나치게 예민해한다는 생각으로 무시와 냉소로 일관했지만 며칠 동안 원망하기도 하소연하기도 할 때 그 심각성을 인식했어야 했다. 그런 물음에 긍정도 부정도 안 한 것이 오히려 사태를 더 키웠다. 아내는 잠을 못 잤고 자다가도 벌떡 일어났다. 그러다가 울기도 했다. 큰일 날 것만 같았다. 갱년기는 지났을 나이인데 다시 온 갱년기인가. 가만히 생각하니 평생 동안 나를 이해해주기를 바랐지 내가 아내의 입장이 되어 이해해본 적이 없었다. 둘 다 무일푼으로 촌구석에서 태어나 이만큼 살면 되었지 무슨 군말이냐는 식으로만 생각해왔다. 가훈이라며 역지사지易地思之라는 말을 입에 달고 살고 꽤 많은 책들을 읽어왔으면서도 내 입장을 생각해달라고만 했지 아내의 입장에서 생각하지 않았다. 시대의 변화를 읽지도 못했다. 조선시대의 사고를 벗어나지 못했다.

밤늦은 시간에 얼음 위에 양주를 부어 한 잔씩을 꺼내놓았다. 경쾌한 소리가 나게 쨍 부딪쳤고 서로 할 말을 다 했다. 평소 거의 말이 없고 술이라고는 한모금도 하지 않는 아내가 청산유수로 말을 하고 술을 마시는 걸 보고 깜짝 놀랐다. 평소와 달리 아주 열띠고 심각하게 이야기를 하는 아내의 말을 귀 기울여 들었다. 방정맞게도, 불빛에 비친 아내의 홍조 띤 얼굴이 예쁘게 보여 싱긋이 웃자 내가 딴청을 부리는 줄 오해한 아내의 말이 더 길어졌다.

여자였다. 세월이 무덤덤하게 만들었을 뿐이다. 가슴에 쌓아온 이야기를 듣고 보니 구구절절이 옳은 말이었다. 구절양장처럼 길었다. 여자의 심정을 이해하지 못했다. 내가 매사에 낫고, 내가 행동하는 것이 크게 틀리지 않다고 생각해왔다. 내 나름대로 잘해준다고 하는 것이 옳은 줄만 알았다. 아버지도 그러셨다. 부전자전이다. 돌아가신 아버지도 뒤에서만 엄마 칭찬을 많이 하셨지 한 번도 대놓고 칭찬하신 적이 없었다. 내가 우리 형제 중에서 외모나 행동이 갈수록 아버지를 많이 닮는다는 말을 듣는 이유를 알겠다. 아버지가 그러셨듯이, 내 또래 대부분의 남자들이 그렇듯이 나도 내 기준으로만 사랑했고, 내 기준으로만 바라보았다. 남들 앞에서 팔불출이 되어 아내를 칭찬할 때는 많았다. 그러면 되는 줄 알았다. 세월이 흐르면서 조금씩 나아지는 형편에 만족하며 사는 줄 알았고, 내 사회적 지위가 올라가는 데 따라 아내의 지위도 덩달아 올라가면서 만족해하는 줄 알았다. 그러면 되는 줄 알았다. 그런데 그런 건 별것 아니라 했다.

솔직히 말해 아내를 젊고 지적인 여자들과 비교하면서 허기와 갈증을 느낀 적도 있었고 그런 여자들에게 관심이 간 것도 사실이었다. 아마 그런 것도 몹시 신경이 거슬렸나 보다. 나는 아무렇게도 생각하지 않는 걸 여자이기 때문에 예민하게 반응했다. 이번에는 아내가 좀 더 심각하게 생각했을 뿐이다. 그녀도 아내이자 여자였다. 그렇게 반응하는 여자인 아내가 사뭇 짜증

스러우면서도 예쁘게 보였다. 나한테 보낸 글 끝머리에 '사랑하는 남편'이라고 했을 때 가슴이 뭉클했다. 사랑이라, 사랑이라는 말을 처음 들은 듯해 가슴이 찡해졌다. 부부가 사랑하며 사는 건 너무나 당연한데 수십 년 같이 살다 보니 그 말조차 생경하게 들렸다. 이게 어찌된 일인가. 아내의 예쁜 반란이었다.

얼음 위에 노란 양주 빛깔이 번지는 걸 보면서 나에게 아내는 누구인가 생각해보았다. 나이 들면서 내 주변 사람들이 하나둘씩 떨어져나간 후에도 끝까지 남을 사람이 아내라는 생각이 번쩍 들었다. 아니 이렇게 가다가는 그렇지 않을 수도 있다는 생각이 번쩍 들었다. 내가 아무리 힘들고 어려워지더라도 아내만은 내 곁을 지켜줄 것이라는 굳은 믿음이 있었고 그걸 당연하다고 생각해왔는데 당연하다고 생각한 것이 당연하지 않을 수도 있다는 걸 깨닫게 되었다. 그런 믿음이 깨질 수 있다는 걸 깨달았다.

추사 김정희가 〈세한도〉에 쓴 '세한연후지송백지후조歲寒然後知松栢之後凋, 날이 추워진 후에야 소나무와 잣나무만이 시들지 않는다는 것을 알았다'는 그 말뜻을 다시 한 번 곱씹어봤다. 세상인심은 그런 것이다. 한때는 무성했던 잎들이 다 떨어지는 추운 겨울날이 어차피 다가온다. 제주도 추운 겨울바람처럼 날씨가 차가워지기 전에 아내가 소중한 줄 알라는 아내의 바람에 내가 화답했다. 아내가 웃었다. 그런 아내가 나에게 소나무요 잣

나무다.

최근에 읽은 퇴계 이황 선생 글 중에서 이런 편지글이 머리에 오래 남아 있다. 부부관계가 극히 나빠 이혼을 고려 중인 친구에게 보낸 글이다.

"자네가 나보다 더 불행하게 사는가."

퇴계 선생은 첫 부인과 사별하고 나서 다시 얻은 부인 권 씨가 정신이 온전치 못했다. 그런 부인과 사느라고 오죽 힘들었겠는가. 권 씨 부인은 제사상을 차리다가 바닥에 떨어진 과일을 치마 속에 몰래 감추다 들키기도 했고, 먹고 싶은 과일이 있으면 제사가 끝나기 전에 달라고 조르기도 했다. 과일을 집어주면서 퇴계가 한 말이 인상적이다.

"우리 조상들은 본인이 드시는 것보다 후손들이 먹는 걸 더 좋아하실 거다." 그렇게 부인을 감쌌다.

또 부인 권 씨가 퇴계의 흰 도포를 다림질하다가 태우고, 태운 곳을 흰 천이 아닌 빨간 천으로 기워주는 실수를 했을 때도 태연히 그 옷을 입고 나섰다. 부인이 그 옷을 입기를 바랐기 때문이다. 퇴계는 부인의 흉을 보는 사람들에게 빨간색이 잡귀와 횡액을 막아주는 것이라 부인이 일부러 그리했다고 부인을 감싸주었다. 퇴계 선생이 성리학의 대가인 줄은 익히 알았지만 이렇게 인격적으로 큰 인물인 줄은 몰랐다. 그 너그러움과 인간미에 숙연해졌다. 그런 퇴계 선생에게도 평생 잊지 못하고 지낸 단양 기생 두향이 가슴속에 있었다. 숨을 거둘 때까지 방 윗목에 매화 화분을 두고 아꼈다는데 그 화분은 헤어질 때 두향이 준 것이고 단양에서 안동까지 가지고 온 것이다. 숨이 지는 날, 퇴계는 제자에게 말했다.

"저 매화에 물을 주거라."

물론 아내는 퇴계 선생의 부인 권 씨에 비할 바가 아니다. '아내와의 재혼'이라는 프로젝트를 내걸고 먼저 나부터 변했다. 얼어버린 강물을 깨는 데는 커다란 도끼보다 따뜻한 봄바람이 낫고, 백 마디 말보다 실천이었다. 내가 먼저 손을 내밀어 서로 손을 잡고 다니고 틈틈이 껴안았다. 자주 칭찬을 하고 마음의 상처를 보듬었다. 그중 '해라'는 지시형을, '해주면 어떨까' 하는 청유형으로 바꾼 것도 잘한 일이다. 어려울 것 하나도 없는 일을 여태 안 하고 살았다. 지나치면 모자람만 못하다는 말이 이 경우에는 해당되지 않았다. 많이 하면 할수록 좋았다. 내가 아내와 재혼하기로 결심하고 재혼이란 말을 꺼냈을 때 아내는 몇 번씩이나 '아내와의 재혼'이란 말을 반복하면서 아주 좋아했다. 그 말을 무척 마음에 들어했다. 이마에 주름이 지고 피부 탄력이 떨어진 얼굴이 애잔했다. 입가에 골이 파이는 내 얼굴을 바라보면서 아내도 똑같은 생각을 하고 있으리라고 생각되었다. 재혼했으니 지금부터 긴 허니문의 출발이다. 지난 세월만큼만 같이 지내면 칠십 성상星霜을 해로하게 된다. 그때쯤에는 낡은 싸구려 영화처럼 우리 두 사람의 얼굴에 주룩주룩 비가 내려도 좋다.

아내와 재혼을 한 건 아무리 생각해도 잘했다. 옳고 그름을 따지지 않은 건 정말 잘했다. 이기고 지는 그 자체가 무의미해서다. 황혼이혼을 하기도 하고 재혼을 하고서도 얼마 지나지 않아 김이 새는 경우가 많은데 우린 다르다. 지나간 세월 동안 속속들이 서로를 알아온 바탕 위에서 새 출발을 하는 것이니 그럴 염려는 없다. 바닥을 친 것이니 오르는 일만 남았다. 오직 남편과 자식만 바라보고 평생을 살아온 아내가 측은하고 존경스러워지기 시작했다. 늙으면 부부밖에 없다는 말을 실감했다.

어떤 눈으로 보느냐에 따라 세상 만물이 달라진다. 그동안 무덤덤하게 지내고 그러려니 하며 보아온 아내의 얼굴과 행동이 요즈음 와서 사랑스럽고 아름답게 보인다. 그 얼굴 구석엔 아내가 보고 싶어 콩닥거리던 그때가 있었다. 부모의 반대를 무릅쓰고 아들 낳고 딸을 낳고 살아온 과거가 있었다. 묵묵히 살아온 지난 세월이 있었다.

'모든 면에서 조금 부족한 것이 낫다'란 행복의 조건을 생각해본다. 아내의 조건, 남편의 조건도 조금 부족한 것이 낫다. 아내하고 재혼을 하면서 아내에 대한 목마름이 사라졌다. 아내가 부족한 만큼 내가 부족하다는 그 사실을 인정하고 나니 세상이 밝아졌다. 나만 달라진 것이 아니라 아내도 달라졌다.

그
해
겨
울

　따뜻하다. 겨울답지 않게 따뜻하다. 몇 년
지나 오늘을 얘기하게 되면 어느 영화 제목처럼 '그해 겨울은 따
뜻했네'라고 말할 것 같다. 이런 날은 산에 오르기 딱 좋은 날이
다. 산행이랍시고 특별히 장비를 갖출 필요도 없고, 근사하게 옷
을 입을 필요도 없다. 집 근처 산은 동네 뒷산이라기에는 섭섭할
정도의 높이에 사방이 집들로 둘러싸여 있고, 산 중턱을 걷고 다
녀도 큰길 가까운 곳은 소음이 요란하다.

　양지에는 벌써 움이 트려는지 땅이 녹으며 꿈틀거리는 것 같
지만 응달진 곳은 아직 으스스하다. 겨울 가뭄을 이겨내며 조금
씩 흐르는 물을 벗 삼아 작은 바위를 온통 덮어 싼 솜털 같은 이
끼가 봄이 머지않다고 알려주듯 파랗게 윤기가 난다. 둘레길 옆
에 수북하게 쌓인 말라빠진 갈잎과 솔잎만이 겨울 냄새를 풍기

고 있을 뿐, 말간 하늘이 봄 색깔로 변하고 있다. 물을 마셔도 차갑기보다 목줄기가 시원하다. 어느새 쉬지 않고 걸은 몸이 후끈해진다.

봄이 오고 있는 겨울 길을 아내와 같이 걸었다. 예전엔 오르막은 내가 먼저, 내리막은 아내가 먼저 오르내렸는데 이젠 내리막도 무릎이 아프다고 뒤처지는 아내가 안쓰럽다. 아내와 내가 알고 지낸 지 50년, 같이 산 지 30여 년이 되다 보니 서로를 아주 잘 알 수밖에 없다. 그러다 보니 신선하고 고상한 얘기가 오가지는 않지만 산길을 오가며 자연의 변화를 느끼고 둘이서 도란도란 얘기하는 것이 그 나름대로 재미있다.

오늘 점심은 무얼 먹을 거며, 밖에서 사 먹을 건지 아니면 집에서 해 먹을 건지 그런 이야기로 시작하고 그런 이야기로 끝내지만 그런 게 사람 사는 재미가 아닌가 한다. 서로를 잘 알고 익숙해지다 보니 최근에 와서는 말다툼할 일도 거의 없다. 서로 건강을 챙겨준다고 누가 먼저랄 것도 없이 산에 가자고 하는 일이 늘었다. 아내와의 관계도 세월 따라 많이 변했다. 젊을 때는 힐끔힐끔 지나는 여인네들을 쳐다보다가 핀잔을 자주 듣곤 했는데, 이젠 그런 일도 거의 없으니 내가 변한 건지, 아니면 그런 데 별반 신경을 안 쓰는 아내가 변한 건지, 하여튼 그렇게 되었다.

어느 날부터 슬그머니 아내에게 주도권이 넘어가면서 밖에서 밥을 먹을 때가 많아졌다. 굳이 그런 걸 갖고 다툴 필요가 있느냐고 대범한 척하고 있지만 그렇게 변해가는 것이다.

'그해 겨울'도 이처럼 따뜻했다.

여자애들 가슴이 봉긋봉긋 나오기 시작할 때다. 밤이 자꾸만 길어질 때다. 달빛이 없는 컴컴한 밤에도 눈 감고도 골목길을 돌아 그 집을 찾아갈 수 있을 때다. 밤만 되면 끼리끼리 약속한 듯이 모여 놀았다. 어른들은 겨울철 농한기에 봉놋방에 모여 시간을 죽였고, 우리는 우리대로 또 다른 방에 모여들었다. 비슷비슷한 또래들이 저녁을 먹고 나서 하나둘씩 모여들었고 아무리 좁은 방도 밀고 앉으면 다 앉았다. 읍내까지는 전깃불이 들어왔지만 아직 호롱불을 켜고 살 때인 그 시절, 초등학교를 같이 나온 남자애들과 여자애들이 모여 밤마다 웃고 떠들곤 했다. 중학교 졸업식을 앞두고 고등학교 입학을 기다릴 때인 그해 겨울은 온전히 거기서 살다시피 했다. 갈망하던 외지로 진학하지 못한 게 가장 큰 이유였다.

죽 둘러앉아 밤늦게까지 떠들고 놀았다. 200호가 넘는 큰 마을이었기에 우리 동기생 중 남자만 해도 20명이 넘었다. 그때 모여서 뭘 먹고 마시고 밤늦게까지 놀았는지는 지금 와서 잘 기억이 나지 않는다. 특별히 용돈이란 것이 없었을 때다. 군것질거리로 배추 뿌리나 무를 깎아 먹고 겨울을 나는 집이 많았는데 우리가 모여 그걸 먹은 기억도 없고 각 가정마다 가마니에 고구마를 채워놓았지만 그걸 삶아 먹은 기억도 없다. 그렇다고 그 긴 시간을 물만 마시고 앉아 놀진 않았을 텐데 도통 기억이 나질 않는다. 새우깡이나 맛동산 같은 과자를 사놓고 놀지 않았나 싶기는 한데 그걸 살 용돈도 별로 없을 때니 그것도 크게 자신이 없다. 결국 거의 아무것도 먹지 않고 떠들고 놀았어도 좋았단 이야기다. 봄을 맞아 물오르는 나무 같은 시기였다. 거의 두어 달 동안 매일처럼 모여 앉아 돌아가며 노래를 부르고 수건돌리기를 하고 웃고 떠들고 놀았다. 그것만으로도 좋았다. 수건돌리기를 하면 아무래도 남자 술래는 맘에 드는 애 등 뒤에 수건을 놓는 게 인지상정이라 며칠 지나면 누가 누구를 좋아한다고 소문이 났다. 또 술래가 된 여자애들이 얼굴이 붉어지며 벌칙으로 수줍은 듯이 노래를 부르는 모습을 얼빠진 듯이 쳐다보던 녀석들이 있었다. 그중에 나도 있었다. 문지방을 들락날락거리며 여자애들의 봉긋한 가슴과 팔소매가 부딪칠 때의 그 묘한 느낌은 짜릿했고, 아직도 그 느낌이 사라지지 않고 남아 있다. 그때 가깝게 놀던 남자애들은 지금도 가끔 만나지만 여자애들은 그 후 거의 못 만났다.

그해 이후 몇 년 안 가서 누구는 어디로 시집갔다는 말이 심심찮게 돌았다. 초등학교만 나온 애들이 태반일 때라서 종종 스무 살도 안 된 나이에 시집을 갔다. 서울이나 대구로 공장에 일 하러, 남의 집 식모살이 하러 갔다. 누구는 그 어린 나이에 불장난을 하다가 철없이 애를 낳았고 그 길로 고향을 떠나 아직까지도 그 마을에 돌아오지 않았다. 너무 일찍 어디론가 떠나갔다. 열대여섯 살 때다. 서울이면 무조건 좋아 보일 때고 명절에 머리카락에 기름을 바르고 새 옷으로 단장을 하고 선물 꾸러미를 들고 내려오는 친구들이 좋아 보일 때다. 시골에 남은 우리들이 부러워한 그들이 살던 곳이 서울의 달동네임을 한참 후에야 알았다. 이발소에서 머리를 감겨주는 애도 있었고, 고물을 주워 팔아서 생계를 유지하는 애도 있었다. 그렇게 수건돌리기를 하며 어릴 때 눈이 맞았다 해서 백년가약을 맺는 경우는 드물었다. 집안이 엄해 여자애들 밤마실 못 가게 문단속을 심히 하는 집도 있었다. 우린 그런 여자애들 집 앞 골목에서 휘파람을 씽씽 불어젖혔고, 그럴 때마다 문을 벌컥 연 어른들이 지게 작대기를 휘두르며 소리소리 질렀다. 잠시 후다닥 내뺐다가도 골목에서 노래를 부르고 휘파람으로 유혹의 세레나데를 불러 젖혔다. 그런데도 끝까지 맘에 둔 여자애가 못 오는 날은 맥이 빠졌다. 그런 걸 보고 서로 놀려댔다. 그렇게 그해 겨울은 지나가고 있었다.

그 어린 시절 우린 장터 사진관에 가서 기념사진을 찍었다. 둘씩 찍기가 어려워서 들러리를 세웠다. 나도 그런 기념사진을 지금도 갖고 있고 아마 가보가 되어 보관될 것이다. 그 겨울 딸을 불러낸다고 고래고래 고함을 지르던 어른이 그 후 내가 간다고

천장을 보고 누워서도 수건돌리기하며 놀던 '그해 겨울'은 끝까지 말하지 않았다. 나만이 갖고 싶었다. 내 인생에서 여자에 대한 순정을 처음으로 느낀 '그해 겨울'처럼 이번 겨울도 포근하다. _사진 ⓒ 2Hugo Pujszo desde La Carlota@wikimedia commons

하면 대문 앞까지 쫓아나오시게 될 줄은 그때는 누구도 몰랐다. 가끔 함박 웃으시는 노인네들 모습에서 그해 겨울을 떠올리곤 한다.

'그해 겨울'이 두어 시간의 둘레길에 파노라마처럼 펼쳐졌다. 겨울이라도 등에 땀이 흠뻑 뱄다. 씻지도 않고 방바닥에 널브러져 세상모르게 자고 일어났다. 이불 속에 누워 천장을 쳐다보며 소곤거렸다. '그해 겨울'의 여운이 내 마음속에 곱게 남아 있을 때다.

"우리 스물일곱 살 신혼 때, 퇴근해서 집에 오면 정신없이 허겁지겁 밥을 먹었지. 가끔 총각인 내 친구까지 데리고 와서 함께 먹었는데 생각나?"

"응, 그랬었지."

"밥만 같이 먹은 것이 아니라 그 친구의 부러움도 함께 먹은 거야. 그때 해준 밥이 정말 맛있었다."

"그때는 왜 그 말을 안 했어?"

정말 그때는 왜 맛있다는 그 말을 안 했을까. 나는 하늘이고 아내는 땅이라고 무게를 팍 잡고 목에 힘을 줄 때여서 그랬을 것이다. 대놓고 칭찬을 안 하는 게 맞는 줄 알 때다. 수십 년이 지나 말끝에 '요'자는 빠졌지만 수십 년 전 일을 꺼내 칭찬하니 좋아한다. 여자다. 요리 솜씨야 지금과 비교가 안 될 만큼 어설펐

겠지만 그때 둘이서 먹는 밥은 꿀맛이었다. 그때 그 꿀 같은 밥 맛을 잊을 수 없다. 그때 낳은 아들이 커서 이젠 술을 대작하고 말 상대를 하고 있다. 그만큼의 많은 세월이 흘렀어도 나에게 '그해 겨울'은 어제 일처럼 아련하고 새롭다.

천장을 보고 누워서도 수건돌리기하며 놀던 '그해 겨울'은 끝까지 말하지 않았다. 나만이 갖고 싶었다. 내 인생에서 여자에 대한 순정을 처음으로 느낀 '그해 겨울'처럼 이번 겨울도 포근하다. 손만 스쳐도 짜릿한 시절이 있었는데 팔베개를 하고 같이 누워서도 그런 감흥 없이 덤덤히 옛날이야기를 하고 있다. 세월이 많이 흘렀다.

점

　　올해는 예년과 달리 눈이 많이 오고 몹시 춥다. 그러거나 말거나 하루 일과인 걷기를 빼놓지는 않고 있다. 요샌 옷들이 좋아 중무장을 하고 나서면 미끄러질까 봐 조심은 해도 추워서 벌벌 떨지는 않는다. 추워서 그런지 사람들이 한결 적어 고독하기는 해도 남다른 성취감이 있어 평소보다 일부러 좀 더 먼 길을 걸어서 개선장군처럼 돌아왔다.

　　요새는 친구들을 만나면 건강에 대한 이야기로 시작하고 그것으로 끝낼 때가 많아졌다. 지난번에는 얼굴 주름과 서서히 생기기 시작하는 검버섯에 대한 이야기가 있었다. 손을 보아 좀 더 젊어 보이며 살자는 이야긴데 아직은 그런 쪽에는 크게 관심을 가지고 있지 않아 웃고 넘겼다. 상체 근육을 다지고 허벅지를 탄탄하게 하는 것이 더 중요하다는 생각이다.

"안사돈이 얼굴에 있는 점을 몽땅 뺐다네요. 바깥사돈도 같이."

따뜻한 방에 앉아 그 훈기로 몸을 데우기도 전에 아내가 한 말이다. 이 말에 나이에 비해 곱상한 안사돈의 얼굴을 떠올렸고, 바깥사돈도 점을 빼고 검버섯을 없앴다는 말에 놀랐다. 지난번에 친구들과 나눈 말이 생각나 화들짝 놀랐다. 그때 얼굴 점 하나 빼는 데 5,000원, 1만 원씩 한다는 말을 들은 적이 있어서 그 많은 돈을 들여 별걸 다 했구나 하는 생각을 지우지 못했다.

"한 사람에 5만 원이래요. 얼굴에 점이 몇 개든."

이런 내 속을 벌써 눈치로 때려잡은 아내가 이렇게 덧붙였다. 싸게 하는 곳이 있다는 것이다. 사돈댁이 한 곳을 말하는 것을 알면서도 아무 말 안 했다. 쓸데없는 낭비란 생각이 들어서다. 그리고 며칠 지나서다.

"내일 뭐해요?" 내 일정을 나보다 소상히 알고 있으면서 이렇게 물어보는 것이 수상했다.

"왜?"

"나도 할까?"

"뭘?"

"나도 얼굴에 있는 점 뺄까?"

"점은 빼서 뭘 해? 내 눈엔 하나도 안 보이는데."

하여튼 잡티가 많다나, 어떻다나.

이럴 때 아내가 하겠다고 해서 안 한 적도 없고 내가 하지 말라고 해서 안 한 적도 없다. 또 이렇게 보들보들하게 이야기를 꺼내는 것이 얼굴 점을 빼러 가는데 나에게 드라이버 역할을 좀 해달라는 것임도 다 안다. 거기까지 편도로 50킬로미터는 족히 되니 기름값과 통행료를 따지면 점 몇 개 빼는 데 5만 원이 아니라 그 두 배는 들어갈 것이다.

그런 계산을 속으로 하면서도 입 밖으로는 내놓지 않고 군말 없이 나섰다. 앞으로 남고 뒤로 밑진다고 따져봤자 서로 기분만 나빠지고 성가시기만 하기 때문이다. 백수가 된 요새 내 역할이라는 것이 드라이버, 포터, 가이드이니 그걸 마다할 입장도 못 된다. 남들 장에 간다고 따라가는 격이 아니라 엄연한 내 일을 하는 것이고, 할 일 없이 집에 처박혀 있어라 하지 않고 같이 가자고 하는 것만도 고마운 일 아닌가. 그렇게 생각하니 편했다.

이럴 때 내비게이션에 갈 곳을 입력시키고 아가씨가 시키는 대로 간다 해서 내 할 일을 다 하는 것은 아니다. 신호등보다 우선인 교통경찰관의 수신호처럼 내비게이션은 참고로 하고 아내의 지시를 충실히 따라야 한다. 심호흡을 하고 마음을 다스려야 한다.

"차선을 바꿔라. 저쪽 길이 더 잘 빠진다. 빨리 안 가면 점심시간 다 되겠다." 이 정도는 충직한 드라이버로서 클래식 음악 듣듯이 또 시작이구나 하면서 묵묵히 들어줄 만큼 달관했다. 불과 백수생활 얼마 동안에 그만큼 이력이 생겼다는 이야기다.

이렇게 존경하는 마님의 훌륭한 영도에 힘입어 간발의 차이로 점심시간에 못미처 병원에 도착해서 접수를 끝냈다. 길게 숨을 내쉬며 안도하는 내 꼴이 내가 생각해도 한심했다. 병원에서 점심을 먹고 2시에 오란 말에 방금 오다가 본 쌈밥 집이 생각나서 그곳으로 갔는데 예상보다 푸짐한 상차림에 기분이 좋아졌다. 그것뿐이 아니다. 밥값 두 사람 분, 1만 4,000원을 평소답지 않게 냉큼 내는 아내를 보고 기분이 더 좋아졌다. 백수가 되고 나서 아내 주머니에서 돈 빼먹기가 쉬운 일이 아니다. 이 세상에 제일 맛있는 밥이 공짜라지만 엄연히 이건 공짜가 아니고 드라이버 수고비로 한 끼를 해결한 셈이다.

아내가 시술을 하는 동안 찬바람을 쐬며 이 골목, 저 골목을 어슬렁거리고 다녔다. 물 한 모금 먹고 하늘 한 번 쳐다보는 병아리처럼 하늘 한 번 쳐다보고 주변 건물 한 번 쳐다보고 꼬랑지가 축 처진 동네 개처럼 복덕방과 세차장을 별 볼 일 없이 기웃거렸다. 이렇게 한심한 짓거리를 하는데 갑자기 어린 시절의 에피소드가 생각났다.

하얀 옷깃의 단발머리에 입가에 큰 점이 있었던 소녀, 웃을 때는 입술 위 그 점부터 먼저 웃어대고 그게 더 매력적이었던 소녀가 있었다. 내가 그걸 아직도 기억하는 걸 보면 퍽이나 인상적이었다는 얘기다. 사진을 찍어도 드러날 정도로 큰 점이었지만 그 점이 좋았다. 혹시나 싫어할까 봐 그 말을 대놓고 하지는 못했다. 그리고 세월이 흐르고 흘러 오늘 같은 일이 벌어졌다. 그 점이 사라진 것이다. 내가 좋아했던 그 복점이 갑자기 사라진 것이다. 결혼식을 며칠 앞두고서다. 점을 뺀 그 자리가 움푹 파였어도 기왕에 벌어진 것이라 어쩔 수 없어 모른 척했다. 그 점을 빼고 나니 훨씬 예쁘다는 말을 안 하는 것으로 복수를 하고 마음의 위안을 삼았다. 그때 그 점이 지금도 그대로 있었다면 오늘 점을 빼러 온다고 했을 때 반대했을 것이다. 그 점부터 뺄 것임으로.

수십 년 전으로 돌아가 그런 생각에 잠겨 골목길을 어슬렁거리다가 병원 문 앞으로 차를 대령하기 전 막간을 이용해서 지저분하게 얼룩진 차체를 걸레로 닦으며 이렇게 훌륭한 일을 한 드라이버에 대해 아내가 칭찬해주기를 은근히 기대했다. 그러나 얼굴 여기저기에 연고를 바르고 나타난 아내는 딱하게도 깨끗이 닦아놓은 차에는 관심이 없었고 얼굴에 있는 점을 스무 개는 더 뺐다고 자랑했다. 내가 한 일에 대한 칭찬에 인색한 것이 섭섭하여 나도 그 자랑에 무반응으로 복수했다. 스무 개에 5만 원이라지만 오고 간 비용을 계산하면 하나에 5,000원 하는 집 근처 피부과 병원에 가는 것과 크게 다를 건 없는데 저렇게 좋아하는 걸 보니 참으로 우습기만 했다. 오고 가는 기름값 5만 원을 생각하면 그게 그건데 말이다. 나이가 들어서도 예뻐지려는 그 마음이 예뻐서 점을 뺀 자리에 연고를 바른 아내가 갑자기 예뻐 보였다. 지금의 아내가 아니라 수십 년 전 그 소녀가 생각났기 때문에 그랬다. 얼굴에 바른 연고의 물기가 햇빛에 비쳐 아내가 모처럼 예쁘게 보였다. 물론 그런 말은 안 했다.

돌아오는 길, 기름이 달랑달랑하여 셀프 주유소에 들를 때까지 차 안의 분위기는 좋았다. 내가 이런 아름다운 생각에 빠져 있을 때, 아내가 수두룩하게 점을 뺀 자리에 하얀 연고를 바른 얼굴을 거울로 이리저리 비춰보고 하나둘 개수를 헤아려보며 좋아할 때까지, 칭찬을 기다리다 못한 내가 이 추운 날씨에 지저분한 차체를 걸레로 닦았다는 보고를 했을 때까지, 차 안의 분위기는 따뜻하고 좋았다. 그때까지였다.

차에서 내려 무심코 주유기 손잡이를 당기는 바람에 갑자기 휘발유가 튀어 얼마 전에 산 옷이 흠뻑 젖었다. 셀프 주유는 처음이라서 이런 낭패를 당한 것이다. 주유구를 먼저 열고 그 안에 주유기를 집어넣은 후에 손잡이를 당기지 않은 게 실수였다.

"저럴 줄 알았다고. 뭐 하나 제대로 하는 게 있어야지." 화살처럼 대뜸 날아온 말이다. 기름에 젖은 옷이 축축하고 뻣뻣해져도 말 한마디 못 했다. 다시 시동을 걸었을 때 차 안에서도 냄새가 많이 났다. 기름 냄새를 빼낸다고 차창을 여는 아내를 힐끔 노려보면서도 아무 말 못 했다. 백수가 되고 나서 졸지에 잘하는

84

것이라고는 하나도 없는 무능력자로 전락했다. 하루 종일 운전하며 봉사한 것이 한순간에 헛것이 되고 말았다.

부루퉁해서 말없이 운전하며 온 것이 금세 풀렸다. 집에 돌아오자마자 기름에 젖은 옷을 세탁하는 아내가 귀여워서다. 점 때문에 까마득히 잊었던 젊은 그 시절로 돌아갔기 때문이다. 그 어린 시절, 시골 사진관에서 나와 함께 찍은 사진에 윗입술 한쪽 점이 뚜렷하다. 아들딸 몸에 점이 많은데 녀석들이 나보다 아직도 점을 빼는 여자를 더 닮았다. 내 얼굴에 있는 점까지 빼자고 부추길 날이 머지않았다. 어지간하면 검버섯이 생길 때까지 버틸 생각이다.

아름다운 꽃노래

　　언제부턴가 부부 동반 모임을 하는 경우 대부분은 갈 때는 내가 운전을 하고 집으로 돌아올 때는 아내가 하는 것이 불문율로 되어 있다. 어느 자리에서든 술 한잔 걸치는 것을 큰 낙으로 아는 나이기 때문이다. 물론 극히 드물지만 술을 먹지 않았을 때는 올 때도 당연히 내가 한다. 그런데 지난 연말에 어쩌다가 여럿이서 뮤지컬을 보고 밤늦게 주차장을 빠져나올 때다. 뮤지컬 보기 전에 친구들과 모여 가볍게 한잔 했지만 운전을 못할 정도로 술을 먹지 않은 날이다. 늦은 시각에 지하주차장에서 동시에 많은 차량이 빨리 나가려 하니 관람할 때의 그 점잖고 고상하던 신사숙녀들의 품위는 어디로 갔는지 찾아보기 어려웠다. 좁은 공간에서 서로 양보하기는커녕 조금이라도 빨리 나가려고 과속이나 끼어들기를 하니 서로 부딪칠까 봐 조심할 수밖에 없었다. 이럴 때가 난감하다. 운전이 서툴고 겁이 많은 나는 주로 남에게 양보하다가 막판에 떠밀리다시피 주차장에서 빠져나오곤 한다. 그런 날은 아내가 이해해줄 법도 한데 내 서툰 운전 실력에 아내의 잔소리가 빗발쳤다.

"빨리, 저 사이로! 우리가 먼저잖아." 그건 나도 알지만 지하 3층부터 출구를 따라 이쪽저쪽으로 돌고 돌며 비탈진 좁은 오르막 중간에서 몇 번씩 서고 다시 출발할 때는 자칫 차가 뒤로 밀려 꽁무니에 바짝 붙어오는 차를 박을까 봐 아찔하고 겁이 나는 걸 어쩌란 말인가. 이럴 때 브레이크를 잡고 있는 내 다리에 힘이 잔뜩 들어가고 등에는 식은땀이 나는데 이런 내 심정을 아는지 모르는지 아내의 잔소리는 끝이 없고 가뜩이나 피곤한 신경에다 불을 질렀다. 하지만 이럴 때 화를 내봤자 본전을 찾기도 어렵고 분위기만 나빠진다는 걸 경험으로 아는 나는 속이 부글부글 끓어도 아무 말 없이 꾹 참고 말았다. 이런 내 기분을 눈치챘는지 제풀에 기가 꺾인 아내가 말이 없어지자 우리 둘 사이에는 한동안 무거운 침묵이 흘렀다. 그 적막은 집에 와서도 계속되었다.

왜 아내는 차만 타면 급해지고 잔소리가 많아지는지 모르겠다. 급하다고 서두르는 앞사람들을 비웃듯이 느긋하게 방금 본 뮤지컬에 대해 서로 이야기하며 "우린, 천천히 가자"라고 우아

왜 아내는 차만 타면 급해지고 잔소리가 많아지는지 모르겠다. 급하다고 서두르는 앞사람들을 비웃듯이 느긋하게 방금 본 뮤지컬에 대해 서로 이야기하며 "우린, 천천히 가자"라고 우아하게 말하면 오죽 좋겠는가. 처녀 때는 순떡이 저리 가라던 아내가 지금 와서는 전혀 딴판이니 정말 왜 그러는지 알다가도 모를 일이다.

하게 말하면 오죽 좋겠는가. 처녀 때는 순떡이 저리 가라던 아내가 지금 와서는 전혀 딴판이니 정말 왜 그러는지 알다가도 모를 일이다. 내가 백수가 되었다고 무시해서 그런 것 같지는 않은데 기분이 안 좋은 건 사실이다.

아내의 운동신경이 나보다 낫다는 건 만천하가 다 아는 사실이다. 그래도 다른 것을 할 때는 별로 말이 없는 여자가 내가 차를 몰 때는 180도 달라진다. 출발할 때부터 답답해한다. 운전하는 나보다 더 자주 백미러를 보면서 "왼쪽으로 차선을 바꿔라, 저 차를 추월해라, 이쪽 길이 더 빠르다, 저리 가면 덜 막힌다, 속도를 더 내라", 잔소리가 끊이지 않는다. 제한속도를 지키고 내비게이션의 지시에 충실히 따르는 나를 아내는 답답해하고 때로는 우습게 안다. 어떤 때는 아예 갓길에 차를 세우고 운전대를 넘겨주고 뒷자리에 앉고 싶을 정도다. 규정에 맞춰서 차를 조금만 천천히 몰면, "제한속도보다 10퍼센트 이상을 과속할 때에만 범칙금을 부과한다"며 속도를 더 내라 한다. 나보다 이런 면은 훨씬 해박하지만 내가 생각하기에는 일종의 병이다. 이런 증상은 차가 막힐 때만 그런 것이 아니고 시원하게 앞이 뚫려 있거나 장거리 운전할 때 오히려 더욱 심하다. 교통 흐름을 끊지 말고 시원하게 달리라는 것이다. 골프장에서 앞 홀이 비었다고 몰아치는 캐디를 연상할 때가 많다. 내가 딴생각을 하다가 급정거라도 하게 되면 "이러다가 심장병 생기겠다"고 화를 내는 건 아예 습관성 질환이다. 그래도 내가 큰소리를 못 치는 것은 아내가 운전하면서는 주차 위반 딱지 하나 받아온 적이 없는데 내 딴에 조심하며 규정대로 운전하는 나에게는 범칙금 통지서가 가끔 날아오기 때문이다. 참 알 수 없는 일이다. 골프를 칠 때 어쩌다가 한번 잘 맞은 공이 날아가 그린 앞 벙커에 들어가듯이 어쩌다가 한번 과속한 것이 카메라에 찍혀 내가 할 말을 제대로 못한다.

여하튼 차를 몰 때마다 아내의 잔소리에 신경이 곤두서지만 입을 꾹 다물고 참는다. 그런 냉기류 속에서 말다툼을 하지 않고 한숨 푹 자고 나면 언제 그랬느냐는 듯이 집안 분위기가 다시금 평온해지는 걸 알기 때문이다. 그 자리에서 벌컥 화를 내는 것보다 그게 훨씬 낫다. 화를 내고 옳고 그름을 따져봤자 이런 경우에 아내는 옳은 소리만 하니 되받아칠 수도 없다. 그러다 보니 못마땅한 경우에는 아예 안 들은 것으로 무시해버리는 게 상책임을 안다. 만사 참는 게 장땡이다. 아니 이제는 만성이되어 무감각하게 된 것인지 모르겠다. 그러면서도 '옛날 성질같았으면 죽었다, 죽었어' 하고 이를 악물 때가 많은데 대부분 속으로만 그렇다.

그런데 뮤지컬을 보고 온 이번에는 그 칙칙한 기분이 그다음날까지 갔다. 그 짧은 시간에 너무 많은 잔소리를 들어 좋았던 기분이 몹시 나빠졌기 때문이다. 참기는 잘 참았는데 밤새도록 속이 부글부글 끓어 영 개운치 않았다.

　그래서 다음 날 어느 만만한 친구한테 한잔 하자고 전화를 했다. 이런 찝찝한 기분을 떨쳐버리자는 심산이었다. 그 친구가 대뜸 무척 반기는 것을 보니 그도 몹시 목이 말라 있었던 모양이었다. 그런데 주객이 전도되었다. 녀석에게 하소연을 하며 나의 답답한 속을 풀기 위해 만나자고 한 것인데 오히려 그 녀석이 처음부터 대화의 주도권을 잡아나갔다. 청산유수로 흘러나오는 그의 푸념을 들어주는 것은 지루하고도 짜증나는 보시布施였다.

　젊을 때 크게 잘나가던 그 녀석의 형편이 지금은 가난하다. 사업하다 다 털어먹고 최근에 이혼하고 어렵게 산단다. 이삼 년 내로 다시 뜰 것이라고 허세를 부리지만 그런 말을 여러 번 들어서 나는 믿지 않는다. 술김에 하는 말은 당당했지만 지난번보다 기가 많이 죽었다. 경제적으로 어려워졌을 때는 부부가 힘을 합쳐야 하는데 오히려 헤어져서 각자도생하고 있다. 조금씩 듣다 보니 그 친구는 이혼한 것이 아니라 이혼당한 것이다. 인물도 좋고 재주도 좋고 한때 잘나가던 친군데 모아놓은 재산을 다 말아먹고 끼니를 걱정하는 처지가 되었다.

　술잔이 오고가는 속도가 빨라지면서 자꾸 횡설수설하고 푸념하는 그를 지긋이 바라보았다. 이때 갑자기 그까짓 아내의 잔소리 정도는 내가 참고 견딜 만한 일이라는 생각이 들었다. 그런 것으로 말싸움을 하다가 이혼을 당하기까지야 하겠는가. 이 녀석의 푸념이 오히려 슬그머니 나를 치유해주고 있었다. 그날 나는 술 한잔 하자고 한 이유를 한마디도 꺼내지 못했다. 그 녀석에 비하면 하등 보잘것없는 일로 열을 내며 하소연할 필요가 없었기 때문이다.

다음 날 울적한 시간을 메워주고 내 마음을 치유해준 데 대해 감사의 메시지를 보냈다. 헤어질 때 내가 주머니에 찔러 넣어준 지폐를 멍하니 바라보다가 어깨가 축 처져 지하철 계단을 비틀거리며 내려가던 모습이 자꾸 맘에 걸렸다. 집에는 제대로 들어갔는지, 해장이나 제대로 했는지 궁금했다. 오후 늦게 그 녀석으로부터 맥 빠진 회신이 왔다. 어제 횡설수설해서 미안하다는 말 외에 아무 말도 없었다. 특별히 무슨 말을 기대한 건 아닌데 허전했다. 아내의 잔소리 대가가 술값 플러스 알파였다.

문득 그 녀석에게 고맙다고 해야 할 것 같은 생각이 들었다. 그 녀석의 불행을 듣는 바람에 운전하면서 겪는 나의 고통과 불만이 지극히 사소한 일이라는 걸 깨닫게 되었기 때문이다. 앞으로는 그런 아내의 잔소리를 습관성 질병으로, 지극한 관심과 사랑의 표현으로, '아름다운 꽃노래' 정도로 달게 받아들이기로 했다. 그렇게 생각하면서도 모래성이 바람에 스러지듯 아내 앞에

서 시나브로 작아지는 내 모습을 보았다. 나이 들어가는 남자의
자화상이다.

3
당연한 줄 알았는데,
당연한 것이 아니었다

　　가을바람에 고향 냄새가 묻혀온다. 주섬주섬 옷가지를 챙겨서 버스터미널로 나갔다. 한 달에 한 번 정도 고향에 가는 것으로 했는데, 그것도 지키기가 쉽지 않다. 엄마가 계시기에 가 보고 싶고, 동생이 모시고 있기에 게을러지고 있다. 고향에 가기로 마음먹은 날은 아침부터 설레고 착잡하다. 엄마가 나를 알아보실까, 하는 기대 반 우려 반이 뒤섞여서 그렇다.

　　신문 한 부를 다 못 보고 자다가 깨니 차창 밖으로 낯익은 고향 산천이 저녁 하늘에 어렴풋이 보이기 시작했다. 멀지 않은 거리다. 터미널에 나와 기다리는 동생에게 '뭘 사갖고 갈까' 하고 물어보는 게 습관이 되었다. 이번엔 소고기 잘게 간 것이나 사서 가자고 했다. 엄마가 딱딱하고 질긴 음식은 씹지 못해서다. 얼마 전까지 맵지만 않으면 고기는 잘 드셨는데, 그것도 여의치 않으신가 보다. 이젠 엄마에겐 옷 선물도, 용돈도 크게 필요 없게 되었다.

　지극정성으로 엄마를 모시는 동생에게 항상 고맙고 죄짓는 기분이다. 자라면서 무던히도 속을 썩인 동생이 집안의 궂은일을 도맡아 하고 있다. 아버지가 몇 년 전에 돌아가시고 나서 곧바로 대두된 문제가 홀로 되신 엄마를 모시는 것이었다. 이때 막내 동생이 대뜸 나서서 "내가 모시겠다"고 했다. 평생 부모님 속을 썩였으니 지금부터 효도를 하겠다는 것이다. 쉽지 않은 일이다. 엄마가 정신이 멀쩡하고 몸이 멀쩡해도 쉽지 않은 일이다. 그 말 한마디에 모든 것이 해결되었다. 막내 동생이라지만 50이 넘은 나이에 가족과 떨어져 엄마를 모시겠다는 갸륵한 마음이 고마워 더 이상 할 말이 없게 했다. "굽은 나무가 선산 지킨다"는 옛 말대로 그 녀석 덕분에 외지로 나간 형들이 맘 편하게 살고 있다. 하루 이틀도 아니고 벌써 몇 년이 되었고 앞으로도 언제까지인지 모른다. 오랜만에 오는 형들이 엄마를 과식하게 하면 안 된다는 주문 외에는 언제나 씩씩하고 시원스럽게 일 처리를 해서 우리가 특별한 걱정을 안 하고 산다. 큰 복이다. 3년 전쯤만 해도 기억력이 떨어지기 시작한 치매 초기였는데 지금은 아들도 못 알아보신다. 경로당에서도 퇴출되셨다. 이젠 동생이 없으면 혼자서 하실 수 있는 일이 없어졌다.

그래도 엄마는 착한 치매란다. 기저귀를 차야 하고 때나 장소를 가리지 않고 수시로 대소변을 누는 바람에 곤혹스러울 때가 있다 해도 다른 치매 환자들처럼 소리를 지르거나 화를 내지도 않고 냉장고에 쓰레기를 집어넣지도 않으신단다. 사람을 못 알아보는 걸 오히려 미안해하신다. 딱하고 딱하게도 기억력이 상실되고 있고 생리 기능이 자유롭지 못할 뿐이다.

이번에도 혹시나 했는데 역시나 나를 못 알아보셨다. 기억을 상기시키기 위해 몇 번 시도를 해보다가 말았다. 사람이 오거나 가거나 무덤덤하시니 애처롭기도 하고 다행스럽기도 하다. 같이 화투를 치고 노래를 부르고 할 때가 가끔 있지만 이번엔 엄마의 손을 만지작거리고 같이 밥을 먹는 것에 만족하고 말았다. 엄마 손톱이 빨갛다. 엄마가 그걸 좋아해서 누군가 칠을 해놓았다. 봉숭아로 손톱을 물들인 옛날, 그 옛날을 생각하시는지 모르겠다.

엄마 손을 만지작거리는 게 내가 하는 전부다. 내가 하는 꼴을 내가 봐도 엄마를 안쓰러워할 뿐 엄마를 대하는 데 정성스러움이라고는 보기 어렵다. 엄마가 걱정스러워 보고 싶어서 찾아뵙는 게 아니라 내 마음 편하자고 가는 것 같아 항상 죄스럽다. 밤새 엄마가 거실로, 화장실로 들락날락하고 동생 녀석하고 실랑이하는 소리가 들려왔다. 엄마가 아기가 되어 있고 동생이 아기를 구슬리는 엄마가 되어 있었다. 나는 옆방에서 내다보지도 않고 누워 자는 척하고 있지만 온갖 생각에 잠을 이루지 못했다. 엄마가 이 세상 전부이던 때가 어제 같은데 벌써 60년이 넘었다. 나는 엄마에게 무엇이었고 무엇인가. 엄마는 나에게 무엇이었고 무엇인가. 지금은 쓸모없어진 가전제품처럼 거추장스럽게 생각하고 있는 건 아닌가. 죄스럽고 불경스러운 일이다.

내가 손님처럼 왔다 가는 것이 동생에게 부담이 된다는 걸 알게 되고부터는 전보다 덜 가고 가급적 고향에 와도 엄마하고는 두세 시간 앉아 있다가 일어설 때가 많아졌다. 그것이 낫다는 생각으로 그렇게 하지만 항상 마음이 불편하다. 엄마하고 직접 대화가 어렵기에 동생에게 전화로 엄마의 근황을 물어보고 매번 끝마디가 고생이 많다고, 너 때문에 우리가 편히 지낸다고 감사나 표하곤 했는데 그마저도 요즘 와서 뜸해졌다.

"엄마 별일 없으시지?" 그렇게 전화로 물으면서도 그 표현이 적절한지 켕길 때가 많다. 별일이란 무엇을 말하는가. 별일이 있어야 된단 말인가.

지난번 고향에 갔을 때, 늦가을 날씨 치고는 바람이 불고 춥기에 두툼한 오리털 잠바를 걸치고 이리저리 골목길을 따라 걷고 좋내는 들판 길을 따라 한없이 걸었다. 내가 나고 자란 곳이라 이런저런 사연들이 골목마다 쌓여 있고 건물마다 묻어 있었다. 그 옛날로 되돌아갈 수는 없지만 마음만은 그때 그 시절로 돌아가 웃기도 하고 울기도 하면서 실성한 사람처럼 걷고 다녔다. 그때 그 사람들이 눈앞에 있는 듯했고 눈앞에 없어서 슬펐다. 내가 그때를 그리워하는가, 그대를 그리워하는가, 그렇게 물으며 걸었다. 그 그리움은 그때로의 정지화면이었다.

천천히 걸으며 추억이 서린 곳을, 잃어버린 시간을 찾아다녔다. 거기엔 우리 형제들이 읍내에서 자취를 할 때 반찬을 해오신 엄마가 있었고 된장을 팔팔 끓이고 고등어를 굽는 엄마도 있었다. 친구들의 부모는 거의 다 돌아가셨다. 살아 계신 엄마가 가르치는 게 많다. 정신이 없어도 말 없이 존재함으로써 가르치고 있다.

다음 날, 버스를 타고 서울로 오는 길은 묵직했다. 엄마가 안 계시면 내 발걸음도 더 뜸해질 것이다. 버스 안에서 고향을 떠나 각자 다른 곳에 살면서도 평소에 자주 연락하는 고향 선배하고 이런저런 이야기를 주고받았다. 나와는 오랜 인연으로 터놓고 지내는 사이다.

"지난번에 고향집을 팔고 돌아서는데 왜 그리 눈물이 나는지……." 문자 메시지로 울먹였다.

그동안 집을 팔지 않고 놔두었는데 아무도 살지 않고 그냥 두니 자꾸 허물어져서 얼마 전에 팔았다는 것이다. 나고 자란 정든 집을 팔지 않고 버티다 결국 팔았나 보다. 장남인 그가 잘 되기만 하면 집안이 피일 것이라는 기대로 나머지 동생들은 제대로 배우지 못했는데 그것이 평생의 한으로 남아 있다고 했다. 개천에서 용 나기를 바랐는데 용이 되지 못했다. 그때는 그런 집이 많았다. 이르거나 늦거나 차이는 있어도 고향을 떠난 우리 친구들이 대부분 이와 같은 길을 걸었다. 고향 마을에 가도 아는 사람이라고는 뒷산에 묻힌 사람들뿐이더라는 한탄을 한다. 그렇게 하나둘씩 고향을 떠났다.

수십 년이 지나도록 크게 발전이 없고 변화가 없다고 말들 하지만 나는 내 고향이 좋다. 정겨운 사투리가 있어서 좋다. 무슨 일이 있으면 하루만 지나면 소문이 나는 크지도 않고 작지도 않은 이 소도시를 나는 좋아한다. 자주 만나지는 않아도 허물없이 술을 마실 수 있는 친구가 있어 좋다. 오랫동안 못 만난 친구들 이야기, 농사 이야기, 지금도 일당을 벌어야 하는 이야기, 자식들의 혼사 이야기, 손자 이야기로 자리를 끝마치고 일어섰을 때 방바닥엔 빈 소주병이 나뒹굴고 바깥 공기는 시원하다. 세 가지 흰 것으로 유명했던 삼백三白의 고장이 이름만 남았다. 쌀, 누에고치는 유명세가 사라졌지만 곶감은 아직까지도 우리나라에서 제일이다. 그러고 보니 내가 삼백이다. 성姓이 백白인데다 백발白髮이고 백수白手다. 엄마가 계신 곳이 고향이다. 엄마가 살아 계셔서 고향이다. 그런 고향은 엄마의 품처럼 포근하다. 그런 엄마가 어느새 아흔이 넘었다. 고향을 그리워하는 것은 지리적 풍경을 그리워하는 것이 아니라 내가 그곳에서 자란 그때의 정지된 시간을 그리워하는 것이다.

주변에 노인 문제로 형제간에 시끄러운 집도 많고 사회적인 문제도 많이 되고 있다. 우리 고향에도 한 발 건너면 요양원이고 장례식장이 번창하는 업종이 되어 있는 건 나무랄 수 없는 현실이 되었다. 곧 다가올 우리들의 미래다. 어쩔 수 없는 생로병사의 과정에서 병으로 눕고 앓는 기간을 최대한 줄이는 것이 스스로도 행복하고 또 개인으로서 할 수 있는 사회적 복지다. 건강에 힘써야 하는 이유다.

어버이날

　　어버이날이다. 아들딸들이 어버이날이라고 전화를 했는데 통화 내용은 기억나지 않는다. 아마 건강히 잘 계시냐고 했을 것이다. 내가 했듯이 아들딸들도 똑같이 하고 있다. 어버이날이 되면 객지에 산다는 핑계로 아버지와 어머니께 카네이션 한 송이 달아드린 적 없었고, 아침 일찍 전화 한 통 드리고 돈 몇 푼을 보내드린 게 전부였다. 매년 부모님 생신과 설, 추석은 빠짐없이 갔었지만 특별히 가야 할 일이 없으면 그 사이에 틈을 내서 찾아뵌 적은 드물었다.

　　그런 나였다. 무일푼으로 결혼하고 애들을 낳아 키우고 집을 장만하고 집 평수를 늘려가는 보통 사람의 길을 걸어오면서 고향에 오가는 경비조차 아끼다 보니 그렇게 되었다. 부모님이 노약해지시기 전만 해도 1년에 한두 번은 서울에 오셨으니 평균적으로 명절이나 생신을 포함해서 두 달에 한 번쯤은 뵌 셈이지만, 아버지가 돌아가시기 한두 해 전부터는 아예 서울 나들이를 못 하셨다.

"시간 나면 한번 내려와라"라는 말씀에 호응한 것도 가뭄에 콩 나듯 해서 이런 죄송스러운 마음에 언제부터인가 매달 아내 몰래 용돈을 보내드리기 시작했다. 돌아가신 아버지 유서에 내가 매월 보내드린 많지 않은 그 돈이 "요긴했고 큰 도움이 되었다"고 적혀 있어 얼굴이 화끈거렸었다. 그렇게 많지 않은 돈이어서 다른 형제들이 알게 된 게 부끄러웠는데 의외로 아내도 다 지난 일이어서 그랬는지 잘했다는 반응이었다. 지나고 나면 후회할 일도 있고 그나마 한 것이 다행한 일도 있다.

어버이날이 가까워지면서 내 휴대전화에 온갖 글들이 난무하는데 부모님 돌아가시고 난 후의 회한이 제일 많고 자식에 대한 섭섭함이 그다음이다. 그런 글들에 공감을 하면서도 사람살이라는 게 그런 거 아닌가 하는 생각을 한다. 지난 후에 후회하는 것은 고래古來로부터 있어온 일이고, 오늘의 새로운 현상이라고 할 것도 아니다. 또 힘들여 키운 자식들에게 서운해하는 것도 이해 못할 바 아니다. 아버지와 엄마가 아무리 정성들여 나를 키웠어도 내가 잘나서 그냥 자란 듯 느끼고 있듯이 우리 자식들도 마찬가지일 것이다. 크게 힘들이지 않고 키우고 크게 보태준 것 없이 제때 시집장가 가서 제 밥값 하고 사는 것에 만족해야 한다. 자식들의 경제적 독립이 노후대책의 첫 번째란 말이 도는 세상이다.

이 바쁜 세상에 가까이 살면서도 카네이션 한 송이 달아주지 않는다고 푸념해서는 안 되는 줄 알지만 어버이날이 되니까 조금은 허전하다. 손자들 생일까지 요란하게 치루는 판에 내게 카네이션 한 송이 달아주면 안 될까. 나는 그렇게 한 적이 없는데 그걸 기다린다. 나이가 들어가고 있다는 징조다.

이런 허전함은 나만 그렇지 않고 아내도 똑같은가 보다. 어버이날 둘이서 드라이브 겸 곤지암에 있는 화담숲으로 갔다. 입장료가 비싸다고 생각했는데 두어 시간 걷고 나오면서는 오히려 싸다는 생각이 들 정도로 기대 밖으로 괜찮았다. 아내도 한결 기분이 좋은지 그럴싸한 배경만 나오면 연신 이런저런 포즈를 취했고 나도 덩달아 웃으며 사진을 찍어주었다. 선글라스로 햇빛을 가리고 주름도 가리지만 사진 속 축 처진 턱은 세월을 속이기 어려웠다. 우리가 벌써 할아버지 할머니가 되었으니 그저 받아들일 뿐 더 할 말이 없다. 각양각색의 분재를 보면서 부모 마음을 많이 생각했다. 우리를 저렇게 공들여 키워 보란 듯이 세상에 내놓았는데 나는 분재만도 못하다.

둘이서 밥을 먹고 밥값을 내면서 점잖지 못한 생각이 들었다.

어버이날인데 자식들이 왜 아버지인 나한테는 용돈을 따로 주지 않는가. 어머니날이 어버이날로 바뀐 지가 반백년이 다 되었는데도 자식들이 주는 몇 푼의 용돈 차지가 어머니인 건 변함없다. 나도 그랬으니 할 말은 없다. 핸드백은 빼놓지 않고 꼭 가지고 다니면서 돈은 한 푼도 안 내는 아내 앞에 "애들 용돈 맛 좀 보자"고 노골적으로 말해도 아내는 들은 척도 안 하고 딴청이나 부리고 있다. 애들에게 말할 수도 없고 난감하다. 아들딸들이 내년에는 내 가슴에 카네이션을 달아주고 그 애들이 주는 돈으로 밥을 먹었다는 기분이 들게 해주었으면 좋겠다. 좀스럽게 이런 생각을 하는 걸 보니 내가 나이 들어가고 있다는 징조다.

요새 와서 혼자서 자주 다짐하는 것이 '바라지 말자'이다. 바라면 섭섭해지고 힘들어진다. 행복하게 살 수 없다. 사람에 대한 기대, 가족까지 통틀어서 하는 말이다. 이제는 자식들도 각기 제 살림을 차린 마당에 어느 정도 거리를 두고 바라볼 필요가 있다. 사람 사이에는 적당한 거리가 필요하다는 생각이 많이 든다. 자식에 대한 지나친 관심도 걱정도 욕심일 수가 있고 다정도 병일 수 있다. 아내는 나와 조금 다르지만 옳고 그르고를 떠나 독립해서 사는데 어지간하면 간섭을 안 할 생각이고 짐이 되기 싫다. 마음에 안 드는 것이 있어도 내 마음 불편해지기가 싫어 좀체 싫은 내색을 안 하고 있는 걸 보니 내가 나이 들어가고 있다는 징조다.

　어버이날에 엄마에게 전화도 안 드렸으면서 별 생각을 다하고 있다. 내리사랑이란 핑계로 자식들 걱정은 보이지 않게 매일 하면서 나는 내 도리를 못하고 있다. 모든 게 때가 있다. '엄마가 나를 알아보고 내 말을 알아들을 수 있었으면' 하는 기도로 아주 쉽게 효도를 다하고 있는 어버이날이다. 열흘 후 아버지 제삿날에 뵙게 될 때 나를 알아보셨으면 좋겠다. 한결 말수가 줄고 틈만 나면 드러눕는 엄마가 생각나는 날이다. 어버이날이다.

뿌
리

내 평생에 그렇게 오래, 하염없이 운 것은
처음이었다. 벌써 5년이 넘었다. 그날도 오늘처럼 비가 내렸고,
아카시아가 하얗게 피어 있었다. 중환자실에 계신 아버지 목에
호흡기를 꽂을 것인가 말까를 고민해야 할 때 스스로 고향에 내
려가셨다. 자식들의 고민을 아버지가 해결하셨다. 구급차를 타
고는 오셨지만 겉으로 보기에는 멀쩡한 모습으로 서울로 오신
지 보름 만이었다. 이때까지도 정신이 또렷하셨으니까 묻고 대
답하는 데 큰 어려움이 없었다. 중환자실의 온종일 밝은 빛이, 온
몸에 주렁주렁 달린 기구가 병을 낫게 하기는커녕, 오히려 "이렇
게 사느니 죽는 게 낫다"는 말씀을 불쑥 토하게 하셨다. 그리고
며칠 후 고향집으로 가겠다고 하셨을 때 그 말씀을 거역할 수도
없었지만 그것이 좋겠다는 생각도 들었다. 모든 주요 장기臟器의

기능이 쇠해 목에 호흡기를 꽂으면 이삼 개월, 아니면 언제 '그날'이 닥칠지 장담할 수 없다는 의사의 말에 심란해 있을 때였다. 예상치 않은 아버지의 결정으로 호흡기를 꽂느냐 마느냐 하는 문제는 그렇게 자연스럽게 해결되었다.

고향으로 떠나는 아침, 구급차에 오르실 때 서울에 남아 있는 자식들이 작별 인사를 했다.

"이번 주말에 내려갈게요" 하는 내 말에 고개를 끄덕이셨다. 그렇게 굳게 약속하셨다.

난생 처음으로 며느리의 손을 잡으셨고 그걸 지금까지도 아내는 기억하고 감격해하고 가끔 말하고 있다. 그날 아침은 이 지긋지긋한 병원을 떠난다는 속 시원한 심정이 배어 아버지 얼굴이 밝으셨다.

그게 마지막이었다. 내가 약속한 그 주말까지도 못 버티셨다. 아버지가 약속을 어기셨다. 소변이 배출되지 않아 얼굴이 평소보다 후덕하게 부으신 채 돌아가셨다. 그 순간엔 크게 울지 않았는데 장례식장에서 한없이 울었다. 눈물이 저절로 한없이 났다. 주말까지는 걱정도 안 했는데, 주말에 찾아뵙겠단 말이 아버지와의 마지막 대화였다. 그래서 더 울었는지도 모른다. 내가 약속을 안 지킨 것이 아니라 아버지가 못 지키신 것이다.

아버지는 가슴에 간직하고 못다 한 말을, 하고 싶었던 말을 글로써 남기셨다. 그때처럼 비가 내리는 오늘, 아버지 생각이 나서 장롱 깊숙이 보관한 아버지의 유서를 꺼내 행간에 숨긴 뜻까지 몇 번씩 새겨 읽었다.

家兒 6 男妹(가아 육남매)에게

이 붓을 든 날은 2009년 11월 3일이다. 어제는 기습한파와 강원도에 대설주의보가, 바다엔 풍랑주의보가 발령되어 전국은 영하권이다. 내 나이도 곧 85세가 되니 세월은 흐르는 물과 같고 날아가는 화살과 같다. 사람은 한 번 나면 반드시 언젠가는 생을 마감하는 것이 진리이고 철칙, 그러나 젊을 때는 언제까지나 살 것이라 믿고 허둥거린다. 아름다운 이별은 남녀 간에 있을 수 있지만 영원한 이별은 섭섭하고 슬픈 일이다.

아버지의 유서는 이렇게 시작되어 지나온 한평생을 회고하고 남은 재산을 분배하는 것으로 끝나는데 마지막에 아버지의 친필이 있고, 그 뒤에 인장이 힘주어 찍혀 있다. 보기 드물게 빽빽한 글씨로 10쪽이나 된다. 아버지는 이 글을 쓰신 지 정확히 1년 6개월 후에 돌아가셨다. 생의 막바지에 이렇게 유서를 쓰시면서 어떤 마음이 드셨을까. 다시 읽어보는데 만감이 교차했고 내 눈에 눈물이 글썽거렸다.

생이 그리 오래 남지 않으신 듯 넌지시 그런 말씀을 하실 때도 나는 건성으로 들었고, 백수百壽는 하실 거라고 장담했다. 겉보기에 아주 멀쩡하셨고 정신이 또렷하셨으므로 실제로 그렇게 생각했다. 그때 "내 건강은 내가 안다"고 쓸쓸히 웃으셨는데 그 표정이 지금도 머리에 남아 있다. 아버지는 옳으셨고 나는 틀렸다. 기껏 예순을 갓 넘은 내 나이에도 노화를 느끼고 세월이 흐르는 물처럼 빠르고, 날아가는 화살같이 빠르다고 느끼는데 그 연세에는 오죽했겠는가. 한치 앞을 내다보지 못하면서 나 또한 아버지 말씀처럼 언제까지나 살 것처럼 허둥거리고 있다.

영원한 이별을 앞두고 섭섭하고 슬픈 심정을 담담히 술회하셨다. 아버지의 출생 배경이 이어진다.

나의 아버지는 예천읍의 한촌에서 성장하여 용케 대구재판소에 취직이 되었다. 그때 이미 결혼한 몸이었다. 드물게 보는 호남형인 아버지와 당시 대구 신명여중에 재학 중이던 미인인 신여성 어머니와 열애 끝에 동거하게 되었다는 후문이다. 어머니는 상주의 토호土豪 집에서 자랐다.

할아버지가 예천에서 나의 고향 상주로 이사한 것이 언제인지는 정확치 않다. 아버지가 태어나시기 이전(1926년)이 아니었나 싶다. 같은 고향 사람끼리 객지 대구에서 만나게 된 연분이 깊어지면서 그 결과물로 아버지가 태어나셨다. 법적으로는 적서 차별이 없어졌을 때지만 사회 저변에는 그런 의식이 있었을 때인데 이미 결혼(열네 살 어린애가 민며느리 형식으로 증조할아버지 집에 들어와 살았다고 나중에 들었다.)한 할아버지가 할머니와 연애를 하여 아버지를 나으신 것이다. 이런 사실을 아버지의 육성으로 직접 들은 적은 없어도 가끔 느끼는 미묘한 분위기로 우리도 어릴 때부터 어렴풋이 알고 있었다.

할아버지의 할머니에 대한 지극한 사랑으로 아버지가 제일 먼저 태어나셨다. 크게 혼이 날 일을 저질렀는데도 할아버지가 '아들'인 아버지를 안고 상주 집에 들어섰을 때 증조할머니가 문밖까지 쫓아 나올 정도로 크게 좋아하셨다고 했다. 아마 할머니가 엄마한테 말씀하셨을 것이고 나는 엄마한테 그걸 전해 들었다. 그 당시만 해도 남아선호사상이 극심할 때라 아들이면 오케이였다. 다행히 아버지 형제들은 큰 마찰 없이 사이좋게 지내셨다. 안타깝지만 내 친할머니는 우리 집안 호적에 이름을 올리지 못했다. 그 당시로 보아 보기 드물게 잘난 할머니는 공식적으로는 결국 이름 없는 여인이 되고 말았다. 한학자를 아버지로 둔 토호 집안, 그 집안 잘난 딸 운명이 그랬다. 그 자손들이 우리다. 이런 사실을 알고 있던 나는 젊을 때 신명여고 교복을 입은 소녀를 보면 얼굴도 기억나지 않는 할머니를 떠올리곤 했다. 그 하얀 교복 속에 할머니가 있었다.

나의 아버지는 그 후 사법서사 시험에 합격하여 함창에 사무실을 차렸다. 당시의 사법서사는 지금의 변호사, 법무사와 비슷한 일을 했기에 매우 어려운 시험이었는데 머리가 비상하셨다고 여겨진다. 함창에 사무실을 차린 후에 폭발적인 수요가 있어 돈을 무척 많이 벌었다고 듣고 있다. 나는 보통학교 6학년 여름방학 때 금룡사 대성암에서 과외지도를 집중적으로 받았고 겨울방학 때도 철저한 지도를 받아 조선 삼대 명문인 대구 공립고등보통학교(현 경북고)에 합격하였다. 첫 여름방학 때 집에 오니 어머니가 school, father, mother 등 영어 단어를 말하여 놀란 기억이 지금도 생생하다.

제대로 된 신식교육을 받은 적이 없는 할아버지가 요즘으로 말하면 변호사 시험에 뜻을 두고 합격하셨다는 것이니 정말 대단하다. 1,900년대 초의 일이다. 그리고 아버지가 시골에서 조선 3대 명문학교에 단번에 합격하셨고 평생 이를 자랑스럽게 생각하신 것도 과한 것은 아니다. 우리 고향 상주에서 조선인으로 그 학교에 다닌 사람이 많지 않았다니 충분히 자부심을 가질 만하다. 그 당시에도 집중 속성 과외가 있었다는 것은 처음 알게 된 뜻밖의 사실인데 그런 말씀은 평생 한 번도 안 하셨다. 그런 사실을 감춘 심리가 재미있고 이해가 되기도 하여 웃음이 난다. 일제 강점기에 우리 고향 상주에서 대구까지 유학하신 분이 나

중에 우리에겐 거꾸로 서울이나 대구로 유학할 필요가 없다 하
셨으니 설사 그것이 경제적 이유라 해도 아이러니다. 해방 전후
의 소설 속에 자주 나오는 신여성의 면모를 할머니에게서 보는
듯했다. 그런 소설 속에서는 억압된 봉건주의를 탈피하고 자유
연애에 대한 갈망으로 넘쳐흐르던 신여성이 항상 있었다. 유감
스럽게도 내가 어릴 때 할머니가 돌아가셔서 할머니에 대한 기
억이 없는데 할머니는 사진 한 장 안 남기셨다. 할머니가 김해
김 씨라는 것이야 알고 있었지만 이름이 돈순敦順이라는 것은 최
근에 알았다. 호남好男인 할아버지가 한눈에 반할 정도면 인물이
무척 좋고 똑똑했던 것으로 할머니를 유추할 뿐이다.

나는 졸업을 앞둔 1944년 3종 훈도시험에 합격하여 꿈에 그
리던 모교인 함창국민학교에 19세의 청년교사가 되었다. 그
해 여름방학 때 대구에서 강습이 있었는데 나와 초등학교
동기인 김옥순 선생과는 손 한 번 잡지 않고 서로가 사랑을
주고받은 플라토닉 러브를 했고, 그해 가을 내가 강요에 의
해 결혼을 하니 그가 독약을 먹고 신음하다가 겨우 소생하
였다는 소식을 듣고 착잡한 심경 금할 수 없었다.

엄마와 결혼하기 전에 아버지에게 사랑하는 여자가 있었고 아
버지가 어른들의 강요에 의해 엄마하고 결혼했다니 금시초문이

다. 그 여자가 아버지를 못 잊어 음독飮毒까지 했다 하니 정말 충격이다. 플라토닉 러브와 음독, 이런 소설 같은 스토리가 열아홉 청년에게 있었고 여든 중반의 노인이 될 때까지 평생토록 그 불꽃이 스러지지 못하고 있었다. 아버지에겐 별처럼 아름다운 추억이었을 테고 가슴에 깊이 아로새겨진 사랑이다.

이 한 토막의 문장을 유서에서나마 남기고 싶었던 그 열띤 사랑이 한편으론 이해가 되지만 굳이 자식들에게 알리실 필요가 있었을까 하는 생각도 든다. 그만큼 절실했다는 뜻이다. 이를 가슴에 묻어 감추지 않고 이렇게 쓰실 때만이라도 열아홉 순정으로 돌아가고 싶었을 것이다. 죽을 정도로 사랑한 사이라면 설사 플라토닉 러브라도 그렇게 쉽게, 어이없게 끝나지는 않았을 텐데 아버지가 시간이 흐르면서 자꾸 자가 발전하여 키운 러브스토리가 아닐까 하는, 조금은 불경스러운 생각이 드는 것도 사실이다. 아버지는 할아버지만큼 용감하지 못하셨다고 해야 할 것이다. 그 후가 자못 궁금한데 그에 대해서는 더 이상 언급이 없었다. 첫사랑이란 이루어지기도 어렵고 잊기도 어려운 것이고 세월이 흐르면서 자꾸 아름다운 사랑으로 승화되기 마련일지라도 아버지가 평생토록 가슴에 간직하고 사셨을 정도면 아름다운 러브스토리임에 틀림없다. 젊을 때 스쳐간 사랑을 평생 아름다운 추억으로 간직하신 그 심정을 이 나이에 내가 이해 못할 바 아니지만 '손 한 번 잡지 않고 서로가 사랑을 주고받은 플라토닉 사랑'을 자식들에게 애써 강조하신 것이 참으로 순진하다. 사실 그대로를 기록하신 것이겠지만 손을 마주잡고 딱 한 번 입을 맞추셨다고 해도 누가 뭐랄 것인가. 애틋한 사랑이 영글지 못한 만 열아홉 살, 지나보면 누구에게나 좋은 때였다. 이제는 돌아가지 못하고 되돌릴 수 없는, 나도 거쳐온 젊은 나이다.

그렇지만 그 당시라 해도 강요에 의해서 굳이 결혼을 했어야 했을까 하는 의문이 든다. 우리 고향의 명산名産인 명주(누에고치에서 뽑은 가는 실) 장수가 새재고개를 넘나들며 경상도 청년과 충청도 처자를 중매했다고 그동안 알고 있었다. 그것이 그 나름대로 멋있었고 그렇게 이루어진 두 사람의 결혼을 전설처럼 아름답게 여겨왔는데 그와 달리 강요에 의한 결혼이었다니 뜻밖이다.

우리 형제들은 방학이면 충청도 음성 외갓집에 보름 정도 가서 지냈다. 몇 번씩 버스를 바꿔 타고 차멀미를 하면서 가는 길은 멀고도 신났다. 그때 엄마가 자주 쓴 '노리까이(환승)'라는 일본 말이 지금도 나의 뇌리에 깊게 박혀 있다. 엄마와 같이 갈 때도 있었고 우리 형제들끼리 갈 때도 있었다. 엄마가 없는 아버지에게는 빈 시간이었고 엄마에게는 뛰어넘을 수 없는 공간이었다. 시골에서는 보기 드물게 하얗고 훤칠한 아버지를 두고 친정으로 가는 엄마의 발걸음이 결코 가볍지만은 않았을 것이다. 그때는 그걸 몰랐다. 외할아버지는 청주사범학교를 나와 초등학교 교장을 하다가 내가 외가에 다닐 때는 사과 과수원을 하고 계셨다. 우린 고작 정종 한 병을 사들고 가서, 올 때는 한 보따리를 들고 왔다. 여름방학 때는 그 당시에는 보기 드문 사과가 붉게 익고 있었고 겨울방학에는 잘게 빚어서 딱딱하게 말린 고구마를 침을 흘리며 씹어 먹었다. 그런 외가였고 그런 엄마였다. 동갑인 아버지에게 항상 존댓말을 쓰는 엄마였다. 아버지 앞에서 평생토록 목소리를 크게 내보지 못하신 엄마였다. 간난신고艱難辛苦를 겪으며 묵묵히 집안 살림을 꾸려오신 엄마였다. 아버지가 결혼 전에 사랑하는 여자가 있었고 어른들의 강요에 의하여 결혼했다는 것을 엄마가 알고 계셨는지 알 수는 없다. 엄마가 정신이 지금보다 온전하실 때는 농담 삼아서라도 여쭤보는 게 가능했을 텐데 그런 기회를 놓쳤다.

다만 내가 결혼할 때 엄마가 하신 말씀이 잊히지 않는다. "딱 하나 부탁한다. 여자의 눈에서 눈물이 나지 않게 해라." 긴 여운이 남는 의미심장한 말씀이었다. 내 눈에도 다른 시골 선생님들과 달리 아버지는 인물이 좋은 인텔리였다. 그렇다 보니 엄마에게서는 충족되지 못한 갈증과 허기를 채우고 싶었을 때도 있었을 것이다. 어렴풋이 우리 형제도 아는 사실이 있다. 다만 그로 인해 엄마 눈에서 눈물이 나게 하는 일이 없었더라면 좋았다. 이렇게 유서에는 굳이 언급하실 필요가 없어 보이는, 그렇지만 꼭 하고 싶었던 이야기들이 드문드문 있다. 솔직히 지금 와서는 그것조차도 나에게는 한때의 아름다운 풍경으로 받아들여지고 있다.

아버지나 엄마나 젊은 한때였다. 내가 어리고 아버지와 엄마가 젊을 때인 그때, 그런 일로 밤새 말다툼하시던 날을 떠올리면 그냥 설핏 웃음이 난다. 수채화 같은 지난날이다.

김일성의 불법남침으로 육이오라는 동족상잔의 비극이 일어났다. 전세는 불리하여 마차에 긴요한 짐을 싣고 우리 내외와 5형제가 남으로 피난을 하게 된다. 조부모는 함께 떠나지 못하니 단장의 아픔이었다.

한국전쟁의 비참함과 급박한 피난길이 시작되었다. 노인들은 고향을 지키고 젊은이들은 피난을 가는 일이 곳곳에 있었는데 우리 집안도 예외는 아니었다. 아버지가 증조할아버지와 증조할머니를 두고 젊은 가장으로서 남은 일가를 솔가하여 피난을 가셨을 때 내 위의 형들은 태어났었고 나는 태어나지 않았다. 어찌 될지도 모르는 단장斷腸의 이별이었다.

전쟁 직전 5월에 실시된 2대 국회의원 선거에 출마한 할아버지가 당선되셨다. 할아버지의 고향인 예천을 떠나 객지에서 이룬 성과다. 가족들이 피난길에 나선 그때 국회의원이신 할아버지가 어디에 계셨는지는 언급이 없다. 대구와 부산으로 밀려 내려간 정부와 같이 움직이셨으리라 생각된다.

　이 부분에서 초대 국회의원 선거에서 낙선하시고 2대, 3대 재선 국회의원으로 당선되신 경과와 힘든 피난살이 이야기가 기술되고 있는데 여기선 생략한다. 나에게 할아버지는 사진틀 속의 얼굴로만 남아 있다. 내 기억으로 아버지가 분가하시고 우리 집에 오신 할아버지는 절대자였고 근접하기 어려운 분이셨다. 할아버지 장례식 때 마당에 친 천막과 사랑채 기둥을 굵은 새끼줄로 감은 빈소의 무섭고 두려운 기억만이 뚜렷이 남아 있다. 내가 초등학교 4학년 때다. 할아버지가 돌아가시면서 병구완을 하는 엄마를 보고 "맏며느리가 최고"라는 말씀을 하신 걸 엄마는 평생토록 자랑으로 생각했고 우리에게 여러 번 말씀하셨다. 엄마는 옛날 여자였고 전통적인 맏며느리였다.

　이어서 할아버지가 재선을 끝으로 낙선하신 후 아버지가 겪은 험난한 생활상이 적나라하게 이어졌다. 할아버지가 "내 자손들은 정치를 하지 마라"고 유언하셨다는데 환갑을 코앞에 두고 돌아가셨을 막판에는 경제적으로 몹시 빈곤했다는 것을 알 수 있다. 정치의 끝은 가산탕진家産蕩盡으로 이어진다는 것을 몸으로 보여주셨다.

　그때의 민심을 못 살펴 낙선하니 선거 빚은 산더미 같고 독촉은 맹렬하여 절망의 나락으로 빠졌다. 또한 어머니의 참

변으로 사는 것이 지옥이었다. 빚쟁이들은 나 외에는 빚을
독촉할 곳이 없으니 딱한 노릇이었다. 그래도 줄을 서서 빚
받으러 오는 사람들에게 친절하게 대하고 월급날에 쪼개서
갚아 나가면서 아버님의 빚을 갚는 것이 효라고 생각하여
열심히 차곡차곡 갚아나갔다. 근 30년을 갚은 셈이다.

요새는 그래도 나은 편이지만 50년대만 해도 국회의원 낙선
은 곧 패가망신에 이르렀다. 사람들은 떠나고 남는 것은 오직 빚
이었다. 내가 어렸을 때 선거가 끝나고 남은 선거 홍보물로 한참
동안 불쏘시개를 했다. 나는 어려서 그것으로 군불을 지피면서
도 그것을 태운다는 것이 무슨 의미인지 몰랐다. 선거 빚은 고스
란히 고향에 계신 아버지의 짐이 되었다. 빚쟁이라는 것은 그때
나 지금이나 가까이 있고 받기 좋은 곳에 먼저 가는 법이다. 그
와중에 할머니까지 비명횡사하셨으니 그때의 아버지 심경을 미
뤄 짐작할 수 있다. 아버지 월급 타기 전날부터 빚쟁이들이 우리
집에서 죽치고 자고 갔다. 그 당시 아버지의 잦은 전근으로 우리
가 2~3년마다 여러 곳으로 이사했는데도 거기까지 잊지 않고
찾아오는 사람들이 많았던 것이 기억에 생생하다. 교통도 불편
한 우리 사는 곳까지 끊임없이 찾아오는 그 사람들을 나는 아버
지를 보고 싶어 찾아오는, 인정이 많고 의리 있는 사람들로 생각
했다. 순진하고 어린 마음이었다. 아버지는 선거 빚은 '인정 빚'

이라며 차용증서 없이도 갚아나가셨다. 그 빚 갚기가 얼마나 힘들었는지 자식들에게 빚은 안 남겨 놓겠다고 두고두고 말씀하셨다. 빚이라면 몸서리가 난다고 종종 말씀하셨다. 무려 30년을 끈질기게 쫓아다닌 빚이다. 거기다가 작은아버지 부부의 별거와 이혼으로 내 사촌 여동생 둘까지 맡아 키우게 되었으니 초등학교 교원의 박봉으로 사실상 8남매를 뒷바라지하였는데 이때의 심경을 한마디로 표현하셨다.

죽기보다 힘든 나날이었다.

아버지가 이 정도로 힘들 때 그 뒷바라지를 해야 하는 엄마의 고초도 이만저만이 아니었다. 겉으로 드러내지 못하는 성품으로 가슴에 묻고 지냈던 힘들고 어려운 일들이 한두 가지가 아니었다. 아버지에게 평생 눌려 힘들게 사신 것이 가슴속에 뭉쳐 있다가 아버지가 돌아가시고 나서 급격히 치매로 발전된 것이 아닌가 하는 생각이 들 정도다. 아내로서, 엄마로서는 나무랄 데 없는 엄마가 여자로서는 행복했는지 잘 모르겠다.

경제적으로 몹시 어려웠다. 우리 형제들은 고향 상주를 떠나서 중고등학교를 외지에서 공부하는 것은 아예 꿈도 못 꾸었다. 지금도 가끔 서울이나 대구로 진학했더라면 내 인생이 어떻게 변했을까 하는 마음이 없지 않다. 명색이 교장인데 아들딸들을 제때에 중고등학교도 입학 못 시키고 여기저기 더부살이를 시켰다. 작은집이나 외갓집에 1년씩 더부살이한 작은형이나 여동생이 별말 없이 그 역할을 감당해주었다. 이유야 어떻든 외지에 나가서 생활하는 게 나는 부러웠는데 지금 돌아보니 딱하고 딱한 일이었다. 한 해씩 건너뛰어 그 다음 해 학교에 다녔다. 나는 운이 좋아 다행히 그런 것을 안 겪은 대신에 국립대학교에 가는 것으로 효도했고 필요한 책들을 다 사지 못하고 도서관에서 장기 대출을 받기도 했다.

1975년인가 박 대통령이 교직원을 다른 공무원보다 우대하라는 특별지시가 있어 조금은 생활의 여유를 찾았다. 그리하여 대구 내당동에 13평짜리 주공아파트를 사니 천하에 부러울 것이 없었다. 많은 사람들을 이 아파트로 초청하여 자랑하였다. 78만 원이었다.

드디어 집 없는 설움을 탈피했다. 얼마나 뿌듯하셨으면 상주에서 대구까지 손님들을 초청하여 자랑하셨을까. 아파트라는 것이 새로운 주거문화로 도입될 초기였다지만 지금 보면 좁아터진 보잘 것 없는 13평짜리 아파트였는데 말이다. 그 아파트에는 갓 결혼한 큰형님 내외가 살게 되었는데 아버지가 손님들을 데리고 불쑥불쑥 찾아오셨으니 요새 같으면 상상도 할 수 없을 일이다. 아버지 돈으로 처음 마련한 집에 대한 자랑스러움과 애착이었다 지만 신혼부부에겐 밉상도 그런 밉상이 없었을 것이다. 아버지가 오랫동안 일기를 쓰시고 기록을 잘 하신다는 걸 인정하더라도 아파트 분양금액까지 기억하시는 걸 보고 깜짝 놀랐다. 아버지로서는 그 집이 결혼 후 근 30년 만에 최초로 마련한 것이었고 그만큼 좋았다는 뜻이다.

생애 최초의 내 집 마련은 예나 지금이나 항상 기쁘다. 사택에서 빈한하게 산 40대 후반의 아버지는 특히 더 그랬었지 싶다.

이어서 우리 형제 즉 자식들의 혼인에 대해 말씀하셨다. 요즘같이 만혼일 때가 아니라 직장을 구하면 곧바로 혼담이 나올 때다. 우리 형제들이 이때쯤 되자 아버지는 보란 듯이 당신 손으로 배필을 구하여 결혼시키고 싶어 하셨는데 그렇게 되지 못했다. 자식들이 아버지의 뜻과는 다르게 결혼한 데 대한 섭섭함이 묻어 있었다. 아버지가 생각하신 좋은 혼처에 대한 아쉬움이 깊게 남으셨는지 거의 한 페이지를 이 부분에 할애하셨다. 길게 나열하지 않고 요점만 몇 줄 적어본다.

그 하나, 누구는 선을 보기로 하였으나 본인의 단호한 반대로 무산되었다. 그 둘, 누구는 좋은 혼처가 있었는데, 못내 아쉽다. 그 셋, 누구는 맞선을 보는 날 맞선은 보지 않고 어디론가 돌아다녔다. 다들 지금의 행복한 가정을 이루었으니 다행이다. 모두 다 좋은 신붓감, 좋은 신랑감을 본인들이 선택했으니 다행이다.

아버지의 뜻을 받들지 않은 것이 아니라 청춘 남녀들이 미리 한 약속을 지켰을 뿐이다. 우리 형제들은 대체로 아버지의 말씀이라면 다들 순종하는 편인데 단지 아버지가 미리 말씀하지 않으셨고 우리가 사전 승낙을 구하지 못했을 뿐이다. 나도 이 문제에서만은 자유롭지 못하다. 가끔은 아버지가 말씀하신 좋은 혼처에 대해 궁금하기도 했으나 지나간 일, 서로 입 밖에 내지 않았다. 사람마다 인연이란 게 있는 것이고 흘러간 물을 되돌릴 수는 없는 일이다. 인생엔 몇 갈래 길이 있고 가지 않은 길이 좋아 보이는 것이 세상의 이치라지만 어느 길이 좋았을런지는 의문이다. 세상만사 돌이킬 수 없는 일에 미련을 갖는 것은 미련한 짓이다. 아버지는 그 미련을 끝까지 못 버리셨다. 이 문제에서만은 항시 죄송스러우나 아버지의 기대에 어긋나지 않아 그나마 다행이다. 내 팔자대로 살고 있고 내 판단이 옳았다는 증명을 해 보이는 게 남은 일이다. 신의, 버리지 말아야 할 것을 버리지 않았다.

아버지는 상주시에서 가장 큰 학교 교장으로 긴 교직생활을 마감하셨는데 이를 굉장히 영광스럽게 생각하셨다. 이때가 아버지 생애에서 가장 행복한 시기였다고 생각한다. 아버지 재직 시에 6남매가 모두 출가하였으니 그것도 다복하신 것이다. 예순다섯까지의 정년을 대과大過없이 마친 것만으로도 축복받으신 것이다. 나는 그 나이보다 훨씬 일찍 그만두었다. 이런 과정에서 음으로 양으로 도와주신 분에 대해 극찬을 아끼지 않으셨다. 옳고 그름이 좋고 나쁨에 가려지는 경우가 많지만 설사 그렇다 하더라도 고마운 사람을 한 사람쯤 갖는 것은 행복하다. 그것을 돌아가시는 순간까지 잊지 않으신 아버지도 존경스럽다.

그 사람은 탁월한 능력과 온화한 인품으로 많은 사람의 추앙을 받았다. 그분의 도움이 컸다.

이런 즐겁고 행복한 시절에 호사다마好事多魔도 끊이지 않았다. 우리 형제들이 장성하면서 살림이 나아지기 시작한 걸 알고 이를 갉아먹은 사람들에 대해 울분을 토하셨다. 평소에도 자주 하신 말씀이고 주로 정년퇴직 후에 벌어진 일이다.

누구는 언제까지 준다면서 1억 원을 가지고 가서 주지 않았다. 또 나와 의형제를 맺은 사람의 소개로 생면부지의 사람에게 2,700만 원을 빌려주었는데 고스란히 떼였다. 또 누가 억대의 빚을 지고 도주하였는데 채권자들이 집에 와 농성하고 협박하여 내가 갚을 수밖에 없었다. 등골이 휘어지도록 갚았다.

내가 알기로 이렇게 적으신 것 외에도 비슷한 일들이 여러 건 있었다. 돈을 떼먹는 것은 대부분 가까운 사람들이고 거명하기조차 부끄러운 일이다. 빌려가서 안 갚거나 사기를 치는 사람이야 말할 것도 없지만 한두 번도 아니고 이런 일이 여러 번 있었다는 것을 어떻게 해석해야 할까. 아버지는 결국은 사회물정을 모르는 선생님이셨다. 아버지는 "퇴직 후에는 누구에게도 절대로 돈을 빌려주지 말라"는 친구들의 신신당부를 지키지 못한 것을 평생 후회하신 반면에 "자식들에게도 끝까지 돈을 주지 말라"는 말은 그대로 잘 지키셨다.

30년 전에 몇 억이면 얼마나 큰돈인가. 나중에, 처음부터 그 많은 돈을 빌려준 건 아니라며 아무짝에도 소용없는 문서를 민망해하면서 보여주셨다. 높은 이자를 쳐준다고 유혹해서 그 재미에 혹해 있을 때 수시로 선물공세를 하여 한 푼 두 푼 나머지 돈을 야금야금 다 빼먹은 다음에 나몰라라 하는 전형적인 사기범 수법에 넘어가 퇴직금을 포함한 그동안 모은 돈을 홀라당 날리셨다. 똑똑한 바보였다. 연금으로 받으셨으면 평생을 큰소리치고 편안하게 사셨을 텐데 그렇게 하지 않았다. 정년퇴직하신 나이가 예순다섯이니 그 당시로는 남은 생이 그리 길지 않다고 생각해서인지 일시금으로 받는 게 유행이었던 때, 아버지도 평소의 지병으로 비슷한 생각을 하시고 퇴직금을 일시금으로 받으셨다. 그 당시 평균 수명을 고려하면 터무니없는 것은 아니었는데 쇠파리들이 몰려든 것이다. 그러나 정년퇴직 후 20년은 더 사셨고 평균 수명에 비해서도 10년은 더 사셨다. 그러다 보니 그리 넉넉하지 못한 상태에서 말년을 보내셨다.

도대체 그 심보는 어떻게 된 것인가, 그 많은 돈은 다 어디로 갔는가.

약속을 어기고 믿음을 저버린 데 대한 분노가 한마디로 표현되어 있었고 그에 따른 회한이 행간에 감춰져 있었다. 나도 직장 생활을 하면서 믿는 사람에게 돈을 떼인 비슷한 일을 몇 차례 겪었는데 아버지처럼 소득이 없는 퇴직 후에 이런 일이 있었다면 그 충격이 평생 갔을 것이고 아마 더했을지도 모른다.

아버지는 40년이 넘는 교직 생활을 마치고, 돌아가실 때까지 제법 많은 공적인, 그리고 사적인 감투를 썼고 그걸 자랑스럽게 생각하셨다. 아버지 나름의 감투욕도 적지 않았겠지만 주변 사람들로부터 비교적 좋은 평을 받으셨다는 증거다. 그중 흥미 있는 것은 전국 지역사회학교의 스폰서였던 현대그룹 정주영 회장을 몇 번 만나고 청운동 그 집에까지 가서 담소를 나눈 것을 서술하신 것이다. 비록 시골 초등학교 교장이지만 한국 제일의 재벌과 마주 앉는 기회가 있었다는 걸 은근히 자랑하셨다. 나는 그런 자랑스러운 기회가 없었다. 현직 대통령을 여러 번 지척에서 만난 적은 있어도 말을 나눌 그런 기회는 없었다.

    우리 집은 너의 모母가 참고 견디며 근검절약하여 중흥을 이
    루었으니 언제나 마음속으로 고맙게 생각한다.

끝머리에 아버지는 평생을 같이한 엄마에 대한 고마움을 이렇게 표현하셨다. 엄마에게 대놓고 이렇게 말씀하셨더라면 좋았을 텐데 아버지 성격상 기대하기 어렵다. 엄마가 정신이 온전하여 아버지가 이런 말씀을 남기신 줄 아시면 묵은 체증이 씻은 듯이 내려가셨을 텐데 그럴 형편이 못 된다. 아버지와 엄마는 겉으로 드러내지는 않았어도 대체적으로 사이가 좋으셨다. 요새처럼 애정 표현을 대놓고 하지 않았을 뿐이다. 특히 노년에 들어서면서는 한평생을 같이 살아온 부부의 정이 내 눈에 훤히 보일 정도로 눈에 띄였고 엄마는 시종여일始終如一 아버지를 섬기셨다. 아버지는 엄마가 안 계신 데서 엄마 칭찬을 많이 하셨다. 우리 윗세대의 미덕이었다.

본론에 들어간다.

이렇게 마지막은 재산분배에 대한 말씀이다.
아버지는 평소 다짐하신 대로 할아버지와 달리 자식들에게
빚을 남기지 않으셨다.

내 재산으로 부동산은 지금 사는 아파트와 조상 대대로 내
려온 임야와 1천여 평의 밭이다. (세세한 목록을 기재) 현금
은 별도 통장을 참조하라. 내가 이 세상을 먼저 떠나면 너희
어머니에게 모든 재산이 귀속되고 만약 반대가 되면 집을
팔아 내가 양로원에 가게 하면 될 것이다. 둘 다 떠난 뒤에
는 이렇게 하라. (이하 생략)
재산 배분에서 제외한 둘에게는 매우 미안하지만 그런대로
생활의 수준이 타 형제보다 나으니 양해하라. 이상 줄이고
줄여 적어본다. 재산 관계는 더 논의할 필요없고 무조건 실
행하라.

아버지 재산은 생각대로 많지 않았다. 그렇다고 시골 재산으
로 아주 적은 것도 아니어서 그 돈으로 엄마 모시는 데는 크게
부족함이 없다. 굴곡이 많고 많았던 인생에서 성실하게 사신 흔
적이다. 많지도 적지도 않은 재산이다. 아버지가 우리 6남매의

사는 형편을 살펴 배분한 것이라 다들 그대로 승복했다. 아무리 적은 재산이라 할지라도 재산다툼이 많은 세상인데 다행히 우리 형제들은 그런 일은 없다. 그렇게 탐낼 정도로 많지 않은 재산도 우리가 아버지의 결정을 쉽게 받아들이게 된 연유이지만 아버지가 남기신 재산을 두고 형제다툼이 없는 것은 우리 후손들이 본받을 점이다.

그래도 아버지가 재산을 남기시느라 애쓰시기보다는 생전에 더 많은 즐거움을 누리시고 더 많이 베풀었으면 좋았을 텐데 그렇지 못해 아쉽다. 애석하지만 결국 아버지도 나와는 한 세대 차이라 '얼마라도 남기고 싶어하는' 그런 면이 강했다. 내일 일을 모르면서도 재산에 대한 집착이 생각보다 강하셨는데 이 점은 인간으로서 영원히 풀지 못할 숙제다.

말년에 하나뿐인 딸에게 많이 의지하셨고 그 딸에게 엄마를 부탁하셨는데 그것만은 그대로 되지 못했다. 요즘 세태로 보아 며느리보다는 딸이 낫다고 판단하신 건데 평소 병약한 그 여동생이 예상치 않게 아버지가 떠나신 후 곧 아버지 곁으로 따라갔다. 제 한 몸이라도 추스렸으면 좋았을 텐데 그렇지 못했다. 인생무상이다. 홀로 된 엄마를 모시는 일이 현실로 대두되었을 때 아버지와 엄마를 오랫동안 속 썩이고 힘들게 한 막내 동생이 그 역할을 대신하고 있으니 한치 앞을 모를 일이다.

이제까지는 타이핑을 했지만 "재산관계는 더 논의 필요 없고 무조건 실행하라"라는 눈에 익은 아버지 친필로 긴 유서가 마무리되었다. 이렇게 종지부를 찍으실 때 어떤 생각이 드셨을까. 말년에 등이 조금 휘고 거동이 다소 불편하고 일어서실 때 숨소리가 가쁘기는 했어도 정신이 맑으셨기에 밤도둑처럼 슬금슬금 '그날'이 다가오는 줄 몰랐다. 밤눈처럼 조용히 우리 곁을 떠나셨다.

아버지 유서를 다시 읽으며 가까이에서 본 아버지의 삶을 되돌아보게 되었다. 눈물이 볼을 적셨다. 아버지 생애는 겉으로 보인 것과 달리 힘든 일들이 많았다. 가까이에서 지켜봐서 내가 알고 있는 사실이 많았지만 아버지로서의 고뇌를 깊이 있게 느끼지 못했고 아버지의 내면까지는 들어가지 않았다. 한 사람으로서, 한 남자로서, 한 집안의 가장으로서 아버지를 제대로 이해하지 못했다. 단지 아버지이기에 강하고, 눈물을 보여주지 않았을 뿐인데도 아버지는 독선적일 만큼 항상 강하고 전지전능한 줄 알았다. 그 삶을 건성으로 보고 들었으며 이해하려 하지 않았다. 그런 아들이었다.

이렇게 지난 80 평생 겪은 일들이 한 편의 인생드라마로 펼쳐져 있었다. 그동안의 수많은 사연들 중에서 가장 강렬하고 인상적인 일만 골라서 기록으로 남기셨으리라 생각된다. 다만 아쉬운 것은 잊어도 될 만한 일을 끝까지 잊지 못하시고 기억해도 좋

길은 흔적이다. 아버지의 길은 아버지가 남긴 흔적이다. 그 흔적에서 아버지를 본다. _ 사진 ⓒ 이선호

을 일을 많이 빠뜨리고 후손에게 교훈이 될 만한 말씀 한 줄은 남겨두셨어도 좋았을 텐데 끝까지 말씀이 없으셨다. 평소의 말씀으로 가름하고 유추해 생각하며 살 일이다.

길은 흔적이다. 아버지의 길은 아버지가 남긴 흔적이다. 그 흔적에서 아버지를 본다. 거울 속에 있는 내 얼굴이 아버지를 닮아가고 내가 하는 말투나 행동에서 아버지를 느낀다. 겉으로 보이는 내 모습뿐만 아니라 내가 가진 자질과 품성에 이르기까지 좋은 것도 나쁜 것도, 내가 원했든 원치 않았든 아버지로부터 물려받았다. 아니, 아버지뿐만 아니라 얼굴도 모르는 내 선조들의 피와 살이 섞여 오늘의 내가 되었다. 가까이는 '아버지'라는 뿌리에서 줄기가 나오고 가지가 뻗고 꽃이 피었다. 아버지로부터 물려받은 모든 것이 당연한 줄 알았는데 당연한 것이 아니었다. 억겁의 세월이 뭉쳐 하나의 인연이 되고 아버지와 아들이 되었다. 내 자식들이 나와 비슷한 생각을 할 때는 오늘의 나처럼 그들의 피부에도 탄력이 없어질 때쯤일 것이다. 그들의 삶이 그냥 이루어진 것이 아니라 나의 아버지와 내가 차곡차곡 쌓아온 것에 기반을 두고 있음을, 그들의 삶도 그렇게 쌓여 그들의 아들에게 내려가고 있음을 그때쯤에 이해하게 될 것이다.

아무튼 죽음을 코앞에 두고 남기신 것이기에 아버지의 이 기록은 진실하고, 의미가 있고, 소중하다. 우리의 뿌리가 달빛에 어리어 신화가 되고 세월에 바래어 역사가 되길 빈다. 돌아가시고 나서야 아버지의 흠조차 보듬어주고 그 흠조차 그리워하는 한심한 효자가 되었다. 아버지와 술상을 같이 하고 장기를 두고 고스톱을 치던 날이 그립고 눈물이 난다.

이 글을 쓰기로 한 때는 비가 내렸고, 이 글을 마칠 때는 화창하다. 인생은 그런 것이다.

마당 넓은 집

마당이 널찍한 집이다. 대문에는 글씨도 잘 안 보이는 오래된 문패와 '국가유공자의 집'이란 표시가 붙어 있지만 들락날락하는 사람들도, 지나치는 사람들도 별로 눈여겨보지 않는다. 다만 때 묻은 그 둘이 이 집이 오래되었고 집주인의 나이가 많다는 걸 은연중에 나타내고 있다. 이 집은 특이하게도 커다란 대문이 담장의 중앙에 나 있는 것이 아니라 마당 양쪽 끝으로 하나씩 두 개가 치우쳐 있다. 한쪽 대문은 내가 아는 한 수십 년간 닫혀 있었고 옆집 담벼락과 경계에 있는 지금 출입하고 있는 대문은 제대로 꽉 닫힌 적 없이 항상 반쯤은 열려 있었다. 문짝이 떨어져 문설주와 제대로 이가 맞지 않아 꽉 닫히지 않고 항상 닫힌 듯 열려 있다. 이 철제 대문을 지나 안으로 들어서면 시골에서는 보기 드물게 널찍한 마당이 있다. 100평은 더 되는 마당이다.

이 마당엔 온갖 것이 지저분하게 늘어서 있어 들어서는 순간 숨이 갑갑해지고, 텃밭이란 말이 더 어울릴 정도로 대문에서 집까지 들어서는 좁은 길 양옆으로 온갖 먹을거리가 다 심어져 있다. 배추, 무, 고추, 참깨, 오이가 싱싱하게 자라고 있고 약용 민들레까지도 집 앞까지 길섶에서 솜사탕 꽃을 피우고 있다. 마당 여기저기 아무렇게나 심은 나무들이 자라 군데군데 큰 그늘을 만들고 있고 그나마 볼 품 있는 선비나무 아래엔 펌프질하는 우물이 아직도 차가운 물을 뿜어내고 있다. 한쪽에는 군불을 때서 물을 데우고, 먼지가 뽀얗게 묻은, 메주콩을 삶던 큰 가마솥이 아궁이에 걸려 있고 그 아궁이는 용도를 잃은 듯 볼썽사납게 막혀 있다. 또 마당 왼쪽에는 허름한 농막이 있어 온갖 잡동사니들이 촘촘히 들어서 있고 오른쪽에는 커다란 철제 컨테이너와 과일 담는 노란 플라스틱 박스 몇 개가 굴러다닌다. 그것뿐이 아니다. 한 길은 넘음직한 삭정이가 마당 한편에 검은 망사 비닐에 덮여 수북이 누워서 있고 그 맞은편에는 거름덩이가 쌓여 어수선하다. 또한 안간힘을 다해 버텨오며 쓰러질 듯 쓰러지지 않고 비스듬히 기울어진 담장은 겨우 마을 도로와의 경계를 나타낼 뿐 건드리면 무너질 듯하다. 그걸 지탱하기 위해서 줄줄이 기대 놓은 나무 막대기들은 썩어 문드러져 하얀 버섯이 피어 있고 그걸 지렛대로 하여 호박 넝쿨이 기어오르는 풍경은 그야말로 고

목에 핀 푸른 꽃처럼 처연하다.

그 안쪽에 방 두 칸짜리 집이 자리 잡고 있다. 이 집 마당에 들어설 때마다 숨이 막힐 만큼 빈틈없이 온갖 것들이 들어선 풍경이 답답해서 마당에 깔린 너저분한 것부터 확 치워버리고 싶을 때가 많다. 담장도 부수어 새로 쌓고 싶었고, 대문도 번듯하게 다시 세우고 싶었고, 그럴듯한 조경수를 심고 싶었고, 파릇한 잔디를 깔아서 징검돌을 놓고 걷고 싶었다. 그런 충동을 느끼곤 했다. 최근엔 농촌에서도 부쩍 집들을 개량해서 그렇게 살고 있고 하얗게 칠한 나무 담장에 파란 잔디를 깐 새 집들이 들어섰다.

그런데 하룻밤 자고 나면 이런 마음이 달라진다. 아침에 콧구멍을 벌렁거리며 시원하게 맑은 공기를 들이마시고 세숫대야에 차가운 펌프 물을 담아 얼굴을 씻고 나면 어제 대문간을 들어설 때의 답답함은 어느새 사라진다. 언뜻 보기에 무질서한 풍경 속에서 그 나름의 조화와 자연스러운 질서를 보게 되는 것이다. 한 해가 다르게 힘이 부친다면서도 농사를 짓고 마당 텃밭을 가꾸는 낙으로 사는 노인들과 이런 풍경이 그럴싸하게 어울린다는 생각이 드는 것이다. 파란 잔디가 깔린 마당보다는 싱싱한 채소들이 있는 텃밭이 더 좋아 보이고 농막과 컨테이너와 삭정이와 거름무더기가 하얀 뭉게구름이 이는 하늘과 더 잘 어울리는 것 같다. 그것이 자연스럽고 정겨워지면서 하룻밤 만에 그런 풍경에 동화되고 마는 것이다. 텃밭에서 기른 채소가 아침 밥상에 오르면서 섣부른 도시인의 감상이 무참해지기 시작하고 생절이한 배추에 된장과 고추장을 비벼 입에 넣고 우물거리면서 이대로가 자연스럽고 좋다는 심정이 더 진해지는 것이다. 이 집에서 태어난 사람들이 자라서 늙어가듯 이 집도 세월 따라 늙어가며 서로 어울리고 있는 것이다.

모든 걸 편리하고 보기 좋게 한다고 무조건 뜯어고칠 건 아니다. 방 두 칸의 한쪽을 차지하여 큰대자로 누우면서 더욱 그런 생각이 든다. 방충망을 친 촌스러운 이 집이야말로 여름엔 시원하고 겨울엔 따뜻하다. 온돌 방바닥에 등을 대면 스르르 잠이 오고 일어나면 개운하다. 아파트 침대에서 자는 것과는 그 맛이 전혀 다르다. 온돌에 등을 지지고 나면 등줄기가 죽 펴지고 한두 번만 몸을 비틀고 꿈틀거리기만 해도 충분한 스트레칭이 된다.

내가 이 집에 맏사위란 이름으로 들어온 지 그럭저럭 내 나이의 절반이 넘었다. 그 세월이 지나는 동안 꾸준히 이 집의 변화를 보아왔다. 매양 그대로인 것 같은 이 집에도, 입식 부엌이 들어섰는가 하면 냉장고도 세탁기도 화장실도 집 안에 들어섰다. 그런데도 이 집은 다른 집보다 느릿느릿하게 바뀌어왔다. 낡을 대로 낡아 닫느라고 닫아도 문짝이 반쯤 열리곤 하던 장롱이 드디어 마지막으로 바뀌었다. 매번 이불이 반쯤 밖으로 나와 눈에 거슬리던 장롱이 새 것으로 바뀐 것이다. 조금 더 커진 새 장롱 안에 잡동사니를 집어넣은 덕에 방이 한결 인물이 나게 되었다고 다들 좋아했다. 다 쓰러져가는 담장을 새로 짓고 구닥다리 장롱을 몇 번씩이나 바꾸자고 해도 쓸데없는 데 돈 들일 필요가 없다고 노인네들이 손사래를 치는 바람에 미루고 미루다가 딸들이 반 강제로 서둘러 새 장롱으로 작년에 바꾼 것이다. 방이 환해지고 인물이 났다고 좋아하면서 괜히 그러셨다.

이 마을에선 대궐 같았다던 집이 가세가 기울어지며 대들보와 서까래까지 팔아먹는 수난을 거치고 나서 지붕이 낮아지고 볼품없이 변해 마당만 넓은 집으로 남았다. 그 넓은 마당에 가을이면 나락이 하늘 높은 줄 모르고 비좁게 쌓여 있었다는 그런 집안 내력, 과거의 영광은 수십 번 들었지만 내가 처음 본 집은 지금 바로 이 상태의 집이다. 이 마을 한가운데 자리 잡은 이 집은 서울로 말하자면 종로통에 있는 셈이다. 대문 바로 앞에 이 동네를 상징하는 커다란 느티나무가 있고 널따란 마을회관이 있다. 자식들이 출가하여 저마다 새끼들을 주렁주렁 달고 오면서부터는 잘 곳이 부족해 몇몇은 마을회관에 가서 자고 와야 할 정도로 쪼그라들었지만 옛날에는 남들이 부러워했다는, 믿기 어려운 전설을 이 커다란 집터만이 말해주고 있다.

내가 이 집 사위란 이름으로 처음 들어섰을 때가 어제 같은데 이 집주인이 어느새 90 노인이 다 되었다. 그때는 동안이었던 나도 머리카락이 빠지고 백발이 성성하니 그럴 수밖에 없겠지만 그때 50대 초반의 정정했던 모습이 세월의 무게를 못 이기고 지금은 바싹 마른 체구에 주름이 가득해진 노인이 되었다. 장인어른은 지팡이를 짚고 다니고 장모님은 무릎이 성치 못해 다리를 끌고 다닌다. 인생이 덧없다. 이태 전 내가 퇴직했다고 했을 때 '아직도 충분히 일할 사람이 놀게 되었다'고 안타까워하면서도 인생이 생각보다 길지 않으니 열심히 즐기라고 위로하시던 그 말씀이 내 마음속에 오래 남아 있다. 퍽이나 잘난 사위인 나에 대한 기대를 그렇게 접었다. 평생 농사만 지으며 살아오셨다. 그것도 겨우 500평 남짓한 밭에 기대어 그 긴 세월을 살아오면서 가슴에 묻어둔 이야기가 오죽 많았겠는가. 60년도 더 된 옛날에 부잣집인 이 집에 시집온 처녀의 곱던 얼굴도 주름 가득한 할머니 얼굴로 변했고 남편이 벌어다주는 월급 한 번 받아봤으면 하는 간절한 소원은 결국 소원으로 끝나 평생 농부의 아내로 살았다. 그런 사람들이 사는 마당 넓은 집이다.

　* 후일담이다. 처갓집 담벼락이 갈라지고 비스듬하게 쓰러진 곳을 더 두고 보기가 불안했다. 이번 여름을 나기 어려울 것 같아 담장을 새로 하기로 했다. 처음에야 쓸데없는 데 돈을 쓴다고 극구 마다하시더니 공사가 시작되고 나서부터 노인네의 목소리가 카랑카랑해지며 신명이 나셨다. 다 같이 비용을 분담했는데 내가 서둘렀다고 공치사를 들었다. 노인들 살아계실 때 이 일을 한 것은 두고두고 잘한 일로 기억될 것이다.

아내의 환갑잔치

우리 자랄 때만 해도 시골에서는 중학교 가기도 쉽지 않았다. 특히 여자애들은 더 그랬다. 큰딸인 아내가 초등학교를 졸업하자마자 입 하나라도 덜 겸 멀리 친척 집에 보냈던 게 한이 되었던지 장모님은 나만 만나면 잘 살아야 한다며 말씀하시더니 요새 와서는 그 말씀도 뜸해졌다. 그 딸이 자라서 환갑이 되었다.

"딸 환갑날 아침밥은 내가 해주고 싶다"고 몇 년 전부터 노래를 불렀다. 그 소원과 다짐이 이번에 이루어졌다. 다 큰 딸인 아내가 여기 오기 전부터 감격했다. 자식들도 부모 환갑잔치를 해주지 않는 요즈음에 딸이 환갑이라고 부모가 잔칫상을 마련하는 경우는 생전 듣지도, 보지도 못했다. 거기다가 객지에 사는 여동생들까지 언니 환갑을 축하해주러 왔다. 친정 부모를 볼 겸 겸사 겸사 왔다지만 흔한 일은 아니다. 고마운 일이다.

이 마을에 노인네들은 많아도 부부가 해로하는 사람은 드물다. 장인어른이 남자로서는 최장수 노인이다. 크게 불편한 곳이 없이 정정하니 큰 복 받으신 거다. 얼굴엔 검버섯이 피었고 팔뚝은 고목나무처럼 말라 탄력이 없어도 정신이 말짱하고 귀도 눈도 그 나이에 비해서 아주 건강하시다.

이 어른이 특이하다. 몇 년 전, 시골 노인답지 않게 5남매에게 전 재산인 집과 마을 건너 감나무 밭 500평을 똑같이 증여했다. 아주 작은 재산이지만 공유지분으로 등기했다. 재산이 워낙 적으니 이에 대해 누구 하나 군소리가 없었다. 나도 지분이 있다는 그 사실 때문에 아내도 이 집에 대한 애정이 더 두터워졌다. 공동으로 등기되어 팔기도 쉽지 않게 되었다. 한 집에 나오는 재산세가 고지서 종잇값보다 조금 많은 병아리 눈곱만큼 나오는 땅이지만 단돈 몇천만 원이라도 아들딸 구별 않고 똑같이 배분하신 것이다. 현명하신 일이다.

이렇게 재산을 분배하면서 유언처럼 말씀하셨을 때 분위기가 숙연했다.

"감나무에서 나오는 수익을 밑천으로 너희들이 이 집에 수시로 와서 사이좋게 놀아라."

그동안 몇백만 원씩 감나무를 밭떼기로 팔아왔으니 장래 그 나무에서 나오는 수익을 공동기금으로 하여 자손들끼리 사이좋게 잘 놀란 말씀이다.

"내가 너희들에게 해준 게 너무 없다"며 항상 미안해하시는데 부모가 딸 환갑잔치 해주시는 마음만으로도 그 값을 다한 것이다. 노인네들이 백년해로하시며 장수 인자를 내려주신 것만으로도 소중한 것을 남겨준 셈이다. 감나무 밭에 콩, 팥, 깨, 배추, 고추농사를 지어서 자식들 공부시키고 출가시킨 것만 해도 대단한 거다.

오늘만은 아무 일도 안 하고 방바닥에 앉아 환갑상을 받는 큰딸이 호강이다. 떡 벌어진 상을 차렸다. 미역국에 나물 반찬, 그리고 특식이라고 갈비찜이 나온 소박한 밥상이지만 다들 흐뭇해했다. 케이크에 쑥떡까지 올려놓은 밥상 앞에서 장인어른이 딸에게, 장모님이 사위인 나에게 뜻밖에 꽃다발을 주셨다. 장인어른이 앉은뱅이 오토바이를 타고 아침 일찍 읍내에 나가서 사 오신 생화 다발이란다. 놀라웠고 감격했다. 젊은 사람들도 생각하기 힘든 신식이다.

장인어른 말씀, "어릴 때 고생만 시켰는데 이렇게 잘 살아주어 고맙다."

장모님 말씀, "내 딸하고 잘 살아준 자네, 고맙네."

그냥 웃으며 흘려듣는 척했어도 듣고 말하는 모두 눈시울이 뜨거워졌다. 자식들이 속 썩이지 않고 별 탈 없이 살아주는 것만으로도 효도인 세상이다. 생일 축하 노래를 부르고 나서 너댓 시간 한자리에 앉아 쉬지 않고 웃고 떠들었다.

재미있는 것은 나이가 들면서 주책이라 할 만큼 장인어른 질투가 심해지신 것이다. 동네 남자가 장모님한테 조금 살갑게 굴었다고 장인어른이 삐치셨다는 얘기에 다들 배꼽을 잡고 웃었다. 화가 머리 꼭대기까지 나서 며칠씩 말씀도 안 하셨다니 질투에는 남녀가 없고 나이도 상관없었다. 나이가 아흔이 되어도 딸과 사위 앞에서 질투하고 사랑놀음을 하시는 모습이 보기에 좋았다. 내가 두 분의 사랑놀음이 재미있어서 '아무래도 장인어른이 질투하시는 것 같다'고 추임새를 넣으며 슬쩍 부아를 지르니 그때부터 또 시작이었다.

"늙어도 남자는 남자고 여자는 여자다." 명언이다. 같이 웃고 떠들었다. 그게 효도다.

평소에 '6·25 참전용사'라는 것을 자랑하시는 줄만 알았더니 선산을 놔두고 대전 국가유공자 묘역에 묻히시는 절차를 손수 다 알아보셨다며 메모를 보여주셨다. 가슴이 뭉클했다. 자식들에게 조금이라도 부담을 주지 않겠다는 뜻이다.

지난번 섬진강 매화마을에 놀러간 길에 이 집 마당에 심으면 좋겠다는 생각으로 모양새 좋은 매화 묘목 한 그루를 사서 화분에 키우다가 이번에 가지고 왔다. 아내 환갑기념 식수용으로 산 것은 맹세코 아닌데 하여튼 그런 모양새가 되었다. 낯간지러울 정도로 칭찬을 들었다. 나무를 심고 물을 주었다. 우연찮게 기념 식수를 한 셈이다. 우린 내일 떠나면 그만이지만 노인네들은 짐 하나를 떠맡은 셈이다.

저녁을 먹고 나서 처제들과 골목길을 걸어 다녔는데 맑은 하늘가에 별들이 초롱초롱했다. 나도 내가 초등학교 동기생하고 결혼할 줄은 몰랐다. 질기고 질긴 인연이고 좋은 인연이다. 돌아보니 지난 세월 별 탈 없이 살아온 것은 성품이 착해서이고 친구처럼 지내왔기 때문이고 이 집안의 화목한 분위기가 뒷받침했기 때문이다. 아내의 환갑잔치에 와서 드는 생각이다.

엄마와 딸

　　지난 초여름 시골 처가에 갔을 때다. 주름
이 온몸에 가득하고 다리를 질질 끌다시피 하는 장모님이 "이젠
힘이 부쳐 내년부터는 더 이상 농사도 못 짓겠다"고 하실 때 마
음이 짠했다. 그동안 기력이 해마다 달라지는 걸 느끼면서도 나
이 들면 다 그런 거려니 했는데 이번엔 그 말씀이 마음에 걸렸
다. 그 흔한 해외여행 한 번 못 보내드린 게 못내 마음에 걸렸다.
　　"시골 노인네들도 요샌 팔자 좋게 중국이나 일본으로 여행 다
닌다"고 간혹 지나가는 말로 장모님이 말씀을 하실 때 애써 못
들은 척한 것도, 우리끼리만 심심찮게 해외여행을 다닌 것도 마
음에 걸렸다. 이번에 "그동안 해외여행도 한번 못 보내드리
고……" 했을 때만 해도 반은 빈말이었다. 이 말을 들으시자 장
모님이 대뜸 "제주도라도 한번 더 가봤으면 소원이 없겠다"고

하시는 바람에 즉석에서 결정된 것이 이번 제주 여행이다. 그 정
도는 크게 어려울 것도 없고 굳이 떨이 상품이랄 것까지 폄하할
거야 없지만 비교적 저렴한 가격대의 2박 3일간 제주 여행 프로
모션이 나오자마자 바로 예약한 것이다. 제15호 태풍 고니가 오
키나와에서 제주로 북상한다는 뉴스가 나올 때부터 다들 걱정했
다. 기상예보라는 게 틀렸으면 했을 때 어김없이 맞는 경우를 많
이 봐왔기에 더욱 그랬다. 그동안 딸 셋이 늙은 어머니를 모시고
여행을 간다며 얼마나 들떠 있었으며 이번 여행이 무산된다면
다시 이루어진다는 보장이 어디 또 있겠는가.

출발 전날, 서울에도 비가 많이 내렸다. '비행기는 뜰 수 있을
까, 비가 오면 제주도에 간다 해도 무슨 재미가 있을까' 혼자 말
하는 아내의 걱정이 태산이었다. 큰딸네 집인 우리 집에 며칠 전
부터 와 계신 외할머니를 보겠다고 찾아온 딸애도 걱정스러워하
기는 마찬가지였다.

"비가 온다고 비행기가 안 뜨진 않아, 바람이 문제지." 안심을
시켰다.

"못 가게 되면 여행사에서 먼저 전화할 테니 미리 걱정하지
말고." 이렇게 말은 하면서도 나도 내심 걱정이 되었다. 그나마
바람이 잦아들어 다행이었다. 출발 당일에도 비가 내렸다. 다행
히 바람도 비도 잦아들고 있었다. 김밥과 사이다 하나만 들고 떠
나도 발걸음이 가벼웠던 어릴 적 소풍날 아침처럼 설레고 떠들

썩했다. 김포공항까지 공항버스를 타고 가겠다는 걸 내 차로 모시겠다고 했더니 이번에도 장모님이 기다린 듯이 냉큼 고맙다는 말씀을 하셨다. 우리 집에서 공항까지는 꽤 먼 거리지만 집에서 공항버스를 타는 곳까지 나가야 하고 또 전철을 이용한다 해도 세 번은 갈아타야 하는 번거로움을 생각한 것이다. 무릎이 안 좋은 노인네를 생각한 것이다. 아들딸에게 지극정성을 다하며 평생을 보낸 시골 노인에게 드리는 마지막 선물일지도 모른다는 기특한 생각이었다. 그래서 내가 편히 모시겠다고 선뜻 나선 것이다.

자동차 내비게이션으로 50분 정도면 충분하다 했지만 여유 있게 두 시간 전에 출발했다. 시속 60킬로미터로 간다 해도 한 시간이면 갈 수 있을 거리다. 처음 15킬로미터는 예상대로 신나게 정상 운행했고 이때까지만 해도 여유 있게 음악을 들으며 콧노래를 불렀다. 가는 동안 내가 잘난 맏사위라는 것을 은근슬쩍 자랑하기도 했는데 이때부터가 문제였다. 경부고속도로에서 올림픽도로까지 가는 길이 막히기 시작하면서 서행과 지체가 반복되었다. 평소 이 시간대면 잘 빠져야 되는데 비가 오는 걸 충분히 계산에 넣지 않은 게 문제였다. 자꾸 정체 시간이 길어지면서 점차 아랫배가 묵직해지고 가슴이 두근거리고 계기판의 시계에 눈이 자주 갔다. 예정대로라면 지금쯤 벌써 공항에 도착했어야 하는데 양재 인터체인지도 못 갔다. 벌써 공항에 도착한 처제들이 어디까지 왔느냐고 묻는 소리가 옆에서 들렸고 옆에 앉은 아내가 내 눈치를 보면서 차가 막혀 난감하다고 말하는 것도 들렸다. 20분쯤 그런 상황이 지속되었을 때 드디어 내가 그대로 진격이냐 아니면 우회할 거냐 하는 갈림길에 선 장군처럼 고뇌하다가 결단을 내렸다. 비장한 목소리로 우회하여 지하철을 이용하는 게 어떻겠느냐는 말을 꺼냈을 때 기다리고 있었다는 듯이 이구동성으로 오케이라고 외치며 손가방을 챙기기 시작했다. 이러다간 비행기 탑승시간에 못 맞추는 낭패를 당하겠다는 생각을 이심전심으로 갖고 있었다는 뜻이다. 가까운 지하철역에서 두 사람을 내려주고 왔을 때가 비행기 출발시간 1시간도 남지 않았을 때다. 집으로 돌아오는 내내 마음이 불편해 괜히 죄를 진 기분이었다. 아무리 급해도 오는 대로 타지 말고 기다려서 급행열차를 타는 게 빠르다는 그 말을 못 한 것도 마음에 걸려 안절부절했다.

드디어 '게이트 앞, 온몸에 땀이 흠뻑'이란 메시지가 아내로부터 왔을 때 길게 안도의 한숨을 내쉬었다. 고뇌에 찬 내 결단이 옳았다. "북한 포격전에 대비한 비상훈련, 가서 잘 놀고 와." 그동안의 불편하고 긴장했던 속을 사뭇 감추고 이렇게 느긋하게 답하는 나에게서 훌륭한 지휘관의 모습을 보았다. 한때는 이 무렵에 을지연습으로 부산했었는데 벌써 추억이 되고 말았다. 아내가 제주로 떠난 후 조그마한 체구의 딸애가 갓난애를 업고 내 저녁밥상을 차려주는데 어째 영 마음이 편치 않았다. 큰애는 옆에서 징징거리고 작은애를 업은 포대기는 엉덩이에 걸쳐져 있다. 일찌감치 시집을 가서 애 둘을 키우는 게 기특하면서도 애가 애를 키우는 것 같아 딸이 해주는 밥을 먹으면서도 안쓰럽고 기분이 묘했다. 정말 어쩌다 나 혼자 밥 먹을 때를 빼고는, 그것도 큰 인심이나 쓴 듯이 생색을 내면서 한두 번 설거지를 한 적이야 있지만 아내가 있을 때는 안 하는 설거지를 내가 했다. 딸이 놔두라고 했지만 그냥 밥만 먹고 일어설 수는 없었다. 엄마나 아내에게는 이런 기분을 느낀 적이 없었는데 딸애에게는 그냥 그렇게 하고 싶었다. 서른이 넘은 다 큰 딸이지만 아직도 내겐 애다. 아직도 내가 농담을 하면 쉽게 토라져서 나를 머쓱하게 하고 제 새끼들한테 조금만 짓궂게 굴면 표독할 만큼 난리다. 누굴 닮아 저런가 할 때도 있지만 "내가 늙어서 똥오줌을 못 가리면 딸이 수발을 해야지 누가 하겠느냐"고 농담으로 딸애 속을 떠보기도 하는데 가타부타 대답을 안 하는 걸 나는 긍정으로 받아들이고 있다. 그런 딸이 내가 설거지를 해준 게 고마웠는지 그 소식을 제주로 보냈다. 제주에서 고맙다는 메시지가 왔다. 가슴이 뭉클했다.

제주도는 거짓말처럼 날씨가 맑다. 그 사이에 여기도 태풍이 지나간 하늘은 파랗고 남은 바람이 시원하다. 8월인데도 입추가 지났다고 벌써 가을이런가. 예전엔 멍석에 깔아놓은 빨간 고추가 말라가던 9월에도 땡볕이 따가웠는데 놀러 다니기에 좋은 날씨라니 다행이다. 이렇게 날씨가 좋고 바람이 시원한 것은 잘들 구경하고 오라는 하늘의 뜻 아니겠는가. 빈방에 혼자 누워 늙은 엄마와 다 큰 딸들이 객지에서 밤을 보내는 걸 절로 상상하고 있었다.

이런 볕 좋은 여름날엔 운동회 때 만국기가 휘날리듯이 빨랫줄에 걸린 옷들도 함께 흔들렸었지. 살랑거리는 바람에 옷 그늘이 대롱대롱 흔들거리면 게으른 강아지가 옷 그늘을 따라 꿈틀거리며 눈을 감았다 떴다 했었다. 농사일이 한가로운 이맘쯤이었다. 너희들 키우며 산 세월이 60년이 되었다.

그때는 못살기도 했지만 여자를 어디 사람 취급이나 제대로 했느냐. 우린. 먹다 남은 보리밥을 처마 밑 대소쿠리에 담아 삼베 보자기로 덮어두었다가 찬물에 매매 헹구어 정지(부엌)에 서서 후루룩 마시고 배를 채우곤 했지. 거기다가 풋고추 하나를 된장에 푹 찍어 반찬으로 먹었어도 그때는 꿀맛이었고 세상이 다 그런 줄 알았다. 커다란 양푼에 부은 밥과 쇠비름에 고추장과 참기름을 쓱쓱 비벼서 옹기종기 둘러앉아 숟가락을 바쁘게 놀리던 날도 많았고 호박잎을 쪄서 팔팔 끓는 된장에 적셔 쌈을 싸 먹던 그런 때도 많았다.

모깃불을 피운다며 마른 쑥대와 생나무 가지를 태워서 거기서 뿜어나오는 매콤한 연기로 눈물을 흘리면서도 밤늦도록 도란도란 얘기하다 보면 너희들이 잠이 들곤 했었지. 밤이슬이 내릴 때쯤 되어 너희들을 삼베 이불로 둘둘 싸서 방에다 옮겨 눕힐 때까지 나이 든 어른들은 두런두런 이야기를 했었다.

그런 날들이 힘은 들었어도 지금은 그립기만 하구나. 나도 그때는 젊었다. 해질 무렵이면 지붕 위에서 하나둘씩 피어나는 하얀 박꽃을 쳐다보며 평생을 농사나 지으며 산다는 걸 얼마나 답답하게 느꼈는지 너희들은 모를 거다. 나도 그때는 박꽃처럼 속살이 뽀얗다고 다들 부러워했는데 그런 내 얼굴에 고랑이 지고 검게 변해버렸다. 그때 같이 놀던 많은 사람들이 저 세상에 갔다. 세월이 유수같고 꿈같은 날들이 흘러갔다. 농사일로 한평생을 보냈어도 어디 모진 날만 있었고 기쁜 날은 왜 없었겠느냐. 너희들이 시집갈 때가 그랬고 오늘이 바로 그런 날이다. 오늘이 내 인생 최고의 날이다. 금방이면 가는 인생, 부디 재미있게 살아라.

이런 노인네의 독백이 들리는 듯하다. 그 당시 시골에선 어느 집이나 할 것 없는 풍경이었고 그런 시절을 살아온 촌부들의 삶이라는 게 어느 곳이나 크게 다를 것이 없을 것이다. 농사짓는

오늘 밤잠을 설치게 하는 것은 무릎을 쑤시게 하는 관절염이 아니라 늙어가는 나이를 미처 따라
가지 못하는 그 마음일지도 모른다. _사진 ⓒ 이여원

남편을 둔 촌부로서 평생을 살아온 장모님은 "매달 꼬박꼬박 월급을 타오는 남편들에게 잘하라"고 딸들에게 신신당부를 하곤 했었는데 그건 무슨 뜻이겠는가. 오늘 딸들과 함께하는 이 밤을 평생 못 잊으실 거다. 오늘 밤잠을 설치게 하는 것은 무릎을 쑤시게 하는 관절염이 아니라 늙어가는 나이를 미처 따라가지 못하는 그 마음일지도 모른다. 오늘 하루가 고단해서 벌써 잠이 들었는지도 모르는데, 아예 그런 추억담은 꺼내지도 않았는데, 괜히 나 혼자서 만리장성을 쌓으며 내 어린 날을 생각하는지도 모른다.

'새벽 2시에 깨서 지금까지 못 잤어요.'

다음 날 새벽에 온 아내의 메시지다. 왜냐고 묻지 않았다. 나도 밤새 뒤척이며 한숨도 못 잤다는 말도 하지 않았다. 아내가 장모님을 모시고 제주에 가고 없는 밤에 나 혼자 빈방에 누워 엄마를 생각했다는 말도 안 했다. 엄마가 바깥바람 쐬기를 그리 좋아하시는데도 한 번도 엄마를 모시고 하룻밤 자고 오는 나들이를 하지 않아서 밤새 마음에 걸렸다는 말도 하지 않았다. 엄마하고 지낸 어린 날이 떠올라서 한숨도 못 잤다는 말도 하지 않았다.

마당을 가로지른 빨랫줄, 처마 밑에 걸어둔 대소쿠리, 양푼에 가득 담긴 쇠비름 밥, 눈물을 흘리게 하던 모깃불, 지붕 위에 핀 하얀 박꽃, 이런 여름날 풍경에는 엄마가 있었다. 딸들은 커가면서 제 엄마를 친구처럼 대하고 엄마들도 그렇게 대한다. 큰언니처럼 막내 동생처럼 스스럼없이 이야기하고 서로 의지하고 사는 것이 이상해 보이면서도 보기에 좋다. 아니 장모님과 세 딸이 그렇게 지내는 꼴이 부러워 죽을 지경이다. 늙은 엄마와 다 큰 딸들뿐이 아니다. 내 아내와 내 딸이 하는 것도 똑같고 더하면 더했지 못하지 않다. 엄마와 딸들 관계뿐만 아니라 내 아내와 처제들이 시시콜콜 소곤소곤하고 다정하게 지내는 걸 보면서 어찌 저럴까 싶을 정도로 샘이 난다. 쓸데없는 수다를 하는 것 같으면서도 그런 것이 부러워진다. 우리 형제들이 특별한 행사가 없는 한 평상시에는 별로 연락을 하지 않고 지내는 것과는 너무 대조적이다. 무소식이 희소식이고 침묵이 금이라고 배워왔지만 입이 밥만 먹으라고 있는 것이 아님을 나이가 들어가면서 배워간다. 바른 말만 하라고 입이 있는 것은 아니다. 재미있게 수다도 떨고 쓸데없는 소리도 하면서 늙어가는 것이 맞다. 엄마와 딸, 여자들만이 가진 재능이다.

제주에서 돌아온 아내가 나를 꼭 껴안는다. 고맙다는 표시다. "얼마나 날씨가 좋았는지 몰라"가 첫마디다. "얼마나 웃고 떠들었는지 몰라"가 그다음이다. "그날 전철로 갈아타고 공항에 내리자마자 대합실까지 뛰다시피 했는데 엄마가 다리가 많이 아팠을 텐데도 사흘 내내 한마디도 안 하시더라." 마지막 말이다. 거기서 있은 소상한 이야기야 두고두고 들으면 될 터, 엄마와 딸 셋이서 어떻게 보냈는지 궁금했지만 참았다.

장모님은 혼자서 여행 다니신 게 부담스러웠는지 우리 집에 오시지 않고 공항에서 시골로 바로 가면서도 나한테 고맙다는 말은 빼놓지 않으셨다. 마을 어귀에서 서성대며 기다리실 장인어른 얼굴이 떠올랐다. 아닌 척하시면서 도타운 정이 넘치는 노부부의 상봉 장면이 눈에 훤하고 장모님 말씀도 눈에 본듯 선하다. 장인어른의 첫마디는 보지 않아도 뻔하다.

"딸들 덕에 호강했겠네." 이런 장인어른의 말씀에 장모님은 동문서답하실 것이다.

"사위가 좋아하는 제주도 오메기 떡값은 내가 계산했어."

할
머
니

제
삿
날

할머니 제삿날이었다. 할머니가 워낙 일찍
돌아가셔서 내 기억에 남아 있는 거는 전혀 없고 제삿날 기억도
아내 몫이다. 하루 전날 아침 일찍부터 제수^{祭需}거리를 준비하는
데 이렇게 제수용 물품을 사는 아내를 따라다닌 건 이번이 처음
이다. 차를 운전하고 짐을 나르는 게 고작이고 마트 내에서 카트
를 끌고 어슬렁어슬렁 따라다니며 이곳저곳 살피는 게 주된 일
이지만 집에서 신문이나 뒤적거리며 빈둥거리는 것보다는 이렇
게 아내의 수고에 동참하니까 마음이 편하다. 아내가 미리 적어
온 메모지를 꺼내 보면서 쇠고기부터 해물, 과일, 미나리 등을
하나씩 챙기는 것이 기특했다. 내가 보기에는 이거나 저거나 똑
같은 과일을 집었다 놓았다 하면서 싱싱하고 흠이 없는 걸 고른
다고 뒤적거리는 걸 보고 대충 고르라고 한마디씩 거들다가 퉁

만 먹었다. 나는 우스운데 아내는 진지했다.

셋째인 내가 할머니 제사를 모신 지가 5년쯤 되었다. 윗대 여러 제사를 형제들이 하나씩 맡았다. 물론 명절 때 차례茶禮와 아버지 제사는 우리 형제들이 다 모여서 시골서 지낸다. 조상 제사를 자손들이 나누어 따로따로 모시는 것이 전통 예법에 딱히 맞는 것은 아니지만 어쩌다 보니 이렇게 되었다.

수백 년 동안 관혼상제가 중시되어온 것은 그것이 우리 사회의 질서를 이끌어온 인륜지대사人倫之大事로 여겼기 때문이요, 특히 그중에서 제사는 자손들끼리 한 곳에 모여 조상의 은덕을 기리며 우애를 나누고 화합하라는 뜻임을 익히 알지만 시대가 변해서 우리 집안 제사 풍속도가 그렇게 변했다. 형제들이 지역적으로 멀리 떨어져 바쁘게 살다 보니 실제로 제삿날이 평일인 경우는 모이기가 힘들었고 제삿날에 맞춰 제수 비용만 찔끔 보내는 것도 민망스러운 일이었다. 그렇게 하다가 강구된 것이 현재의 모양새다. 조상 제사를 형제들이 분담하되 가깝게 사는 형제들도 모이지 않기로 했다. 며느리들의 부담을 덜어주자는 취지다. 쉰 살이 넘은 형제들이 솔가하여 아파트에 단출하게 사는데 많은 사람이 우르르 모이면 일거리가 많아지고 서로 불편하고 번거로워진다는 며느리들의 의견이 반영되었다. 여럿이 모이다 보면 우애와 화목을 도모한다는 본래의 뜻과 달리 도리어 화목이 깨질 수 있다는 그들의 의견도 일리가 없지 않았지만 굳이 여자들이 안 내켜하는 걸 강요해 분위기를 상하게 할 필요는 없다는 뜻이다. 좀 더 엄격히 말하면 시대가 바뀌어 나이 든 며느리들의 목소리가 높아진 것이 여기에도 반영된 것이다. 조상님들이 번거롭게 이집 저집으로 다니시도록 해서 죄송하기는 하지만 이 손자, 저 손자 집으로 유람하시는 것이 나쁠 것도 없고 내비게이션이 없어도 우리 조상님들은 귀신같이 찾아다니실 테니 걱정할 것은 없다. 크게 내세우고 자랑할 일은 아니지만 아버지 살아 계실 때 그렇게 정한 것이니 꺼림칙할 것도 없다.

내가 처음으로 모시는 할머니 제삿날, 아버지는 "조상 잘 모셔서 나쁠 것 없다"고 내게 용기를 주셨다. 혹시나 제사 순서가 틀릴까 봐 여쭤보면 기가 차 하시면서도 나이 든 아들이 이것저것 물어보는 걸 좋아하셨다. 이때 어른으로서의 존재의 필요성을 느끼셨다. 그런 심리를 아는 내가, 다음 날 아침에 이렇게 저렇게 제사를 지냈다고 미주알고주알 말씀드리면 무척 좋아하셨다. 부끄러운 말이지만 할아버지 할머니 제사 때도 거의 안 갔고 셋째인 내가 할머니 제사를 모실 거라는 생각은 꿈에도 안 했으며 설, 추석 같은 명절 때에 아버지나 형들을 따라 절을 하고 술을 따르고 안주에 젓가락 옮겨 놓는 것조차도 내 마음대로 안 했으니 제사 순서를 헷갈리는 것이 무리는 아니다.

제사상 차림이 별것 아닌 것 같은데도 아내는 하루 종일 종종거렸다. 나도 많이 개화되었다지만 '남자는 부엌일을 하는 것이 아니다'는 관습에 충실해서 내가 도와주는 것이라고는 거의 없다. 제사상과 제기를 꺼낸다든지 지방紙榜을 챙기는 정도가 다다. 밤을 깎는 정도는 해도 되는데 못 본 척할 때가 많다. 아들네와 딸네가 손자들을 데리고 모여드는 해 질 무렵부터 상차림이 시작되는데 이때쯤 되어서야 홍동백서紅東白西니 조율이시棗栗梨

같은 말을 입속에서 중얼거리며 설설 점검에 나선다. 언젠가는 상차림이 평소와 다른 걸 보고 이상해서 며느리에게 한마디 했다가 본전도 못 찾았다. 인터넷을 찾아보고 상을 차리고 있다는 며느리 말에 그냥 물러섰다. 가가예문家家禮文이라 제사 지내는 방법이 지역마다 가정마다 다른 것이니 우리 집안 풍습대로 하는 것이 맞다지만 내가 확고한 주관도 없는데다 우리가 죽고 나면 아들이 제사를 이어받을 터 며느리의 의견을 존중해주기로 했다. 우리 집안에서 내려오는 풍습이 밥과 탕, 수저를 놓는 방식이 반대로 되어 있어 나도 항상 헷갈리는 것도 하나의 이유다. 그렇게 바뀐 연유가 조상 중에 한 분이 실수로 그렇게 한 걸 그대로 고수했다는 말도 있고 사색당파가 심할 때 반대 편의 방식을 따라하지 않다 보니 그렇게 되었다는 말도 있으나 극히 비합리적인 것이니 지금 세상에 굳이 그것을 전통으로 고수해야 되는지 의문이다.

세상이 달라졌다. 옛날에는 아예 볼 수 없던 멜론이니 바나나니 하는 외국산 과실은 물론이요 수박과 참외같이 제철이 아닌 과실도 많이 올리는 판에 너무 융통성 없게 따질 건 아니다. 제祭는 성誠이라 했다. 형식보다 정성이 중요하다는 것이 예나 지금이나 변함이 있겠는가. 이번에 제사를 지내면서 몇 번씩 고민한 것은 애들이 무슨 뜻인지도 모르는 한자로 쓴 지방顯考貞夫人金海金氏神位을 그대로 답습하냐는 것이었다. 아예 이번에 한글로 바꿔야겠다고 생각하고 간단히 '할머니 신위'로 준비까지 하고서도 형제들이 모이는 다음 기회에 거론해본 후에 하겠다고 미루었다. 사진이 있다면 간단히 사진으로 대신할 텐데 사진이 없는 게 아쉽다.

세 살, 네 살배기 두 손자가 제사상 양쪽에 환하게 밝힌 촛불이 신기한지 제사 시작도 하기 전에 입으로 불어서 끄고 또 불어서 끄고 해서 말리느라고 부산을 떨었다. 내가 할머니 제사를 모시고부터 남녀노소를 불문, 아내와 아들딸은 물론 사위 며느리 손자들도 제사를 같이 지낸다. 초헌, 아헌, 종헌을 나누어 하고 첨작도 나누어 한다. 이런 과정에서 어른인 내 권위에 손상이 갈까봐 신경을 많이 썼는데도 나중에 보면 순서가 틀릴 때가 있고 좋아하시는 안주에 젓가락 옮겨놓는 것을 잊어버릴 때가 많다. 나 혼자 속으로 삭이고 말지만 부끄럽다. 내가 주재하는 제사 순서가 매년 다른 것 같다며 고개를 갸우뚱거리는 사위에게 "조상에게 절을 많이 해서 나쁠 건 없다"란 말로 때우곤 했지만 창피스러운 일이다. 제사 순서라는 게 지극히 상식적인데도 자주 틀린다. 간단히 말해 '먼저 술을 권해 드리고 진지를 드신 후 디저트까지 드시고 나면 내년에 또 뵙겠습니다' 하고 끝내는 것인데 그게 틀릴 때가 많다. 내가 이 모양이니 내 다음 대에서는 이보다 훨씬 약식으로 추모의 정을 나타내도 양해해야 할 것 같다.

기분 좋게 배불리 드시고 저만치 문밖으로 나가실 때까지라도 기다리면 좋겠는데, 제사가 끝났다는 말이 떨어지기 무섭게 손자들이 서로 먼저 촛불을 끄고 제사상 위의 먹을 것에 손이 가느라 난리다. 그러지 말라고 제지하면서도 웃고 또 웃는다. 나도 어릴 때 제사가 끝나자마자 삶은 달걀에 손이 덥석 갔던 생각이 나서다. 그때는 달걀이 귀할 때라 삶은 달걀을 벗겨 반쪽으로 썰어 놓은 것이 그렇게 먹고 싶었다. 문밖을 벗어나지도 못하신 할아버지와 할머니가 고손자들이 노는 꼴을 보면서 빙긋이 웃으시는 것 같다. 그러면 된 것이다. 추운 겨울날 한밤에 눈을 비비며 일어나 제사를 지낼 때와 설이면 탁 트인 마루에서 발을 동동 구르며 차례를 지내던 날이 엊그제 같은데 아득한 옛날이 되었다.

4
끊고, 버리고, 떠나다

계록

　　나이가 들면 단출하게 살아야 한다. 버릴
건 버리고 살아야 한다. 흔히 이렇게 말하면서도 지키는 사람은
드물다. 이번에 이사를 하면서도 그랬다. 이사 가기 전에 미리
버릴 건 다 버리자고 해놓고서는 차일피일 미루다가 아깝기도
하고 귀찮기도 해서 이삿짐을 싸는 날이 되어서야 기껏 고장 나
고 부서진 몇 가지나 버렸을까 말까 거의 다 갖고 왔다. 지난 몇
년 동안 한 번도 쓰지 않은 것들까지 몽땅 가지고 오며 한심해서
혀를 끌끌 찼다. 앞으로 쓸모가 있어서가 아니라 쓸모가 있을지
도 모른다는 생각으로 그리했다. 가당찮은 짓이다.
　　이삿짐을 풀면서 정말 쓸모없는 건 다 버리겠다고 다짐했다.
여기에 대해서는 아내도 이의가 없었다. 그런데 처음부터 꼬이
기 시작했다.

"이걸 버릴까, 말까?" 내가 묻는 족족 태반이 그냥 두자고 했다. 거의 쓸 일이 없을 거라는 건 인정하면서도 아깝다는 뜻이고 이런 건 나도 마찬가지니 피장파장이다. 버리기에는 아깝고 그렇다고 가지고 있어봤자 앞으로 쓸 것 같지 않은 물건들이 항상 문제다. 먹을 건 없고 버리기엔 아까운 계륵鷄肋과 같다. 아내가 버리지 말라는 물건을 말로는 그러겠다고 하고 아내 모르게 슬쩍슬쩍 버렸는데도 아직까지 그걸 다시 찾지 않는 걸 보면 버린 것들이 소용이 있어서라기보다 단지 손때가 묻은 살림을 버리기가 아까워 그랬을 뿐이다. 아내도 내가 아끼면서도 처치 곤란해 하는 것을 내가 모르게 버렸을 것이다. 그렇게 쓰잘데없는 물건이 줄어들었다.

이삿짐을 꺼내놓고 정리하다 보니 놀랄 만큼 살림살이가 많았다. 30여 년 살아온 흔적이 여실히 드러났다. 구질구질할 정도로 많았다. 급속도로 발전한 우리나라의 축소판이다. 특히 비디오, 에어컨, 가스레인지 같은 전자제품에서 그런 걸 더 많이 느꼈다. 그냥 갖고 있어봤자 짐만 되고 앞으로 쓸 일도 없으니까 중고로 팔든지 버리든지 해야 하는데 덩치가 큰 그런 것들은 버리기도 쉽지 않다. 요새는 어지간한 새 아파트라면 그런 것들이 빌트인으로 되어 있어서 이중으로 있을 필요는 없는데 성능에서 문제가 없으니 버리기엔 아깝다. 내가 이번에 들어간 집도 그렇게 되어 있어 쓸모없어진 전자제품들을 버리지 못하고 창고 속으로 집어넣었는데 어느 세월에나 햇빛을 볼까 모르겠다.

그것만이 아니다. 며칠을 두고 버릴 것과 챙겨둘 것을 고르면서 안 입는 옷이 얼마나 많은지, 안 신는 신발은 또 얼마나 많은지, 안 쓰고 있는 가방들은 얼마나 많은지 깜짝 놀랐다. 이렇게 버릴 것을 하나 둘씩 골라내면서 그걸 살 때의 기분에 젖어들어 즐거웠고 또 서글펐다.

예를 들면 가방이 그렇다. 여행용 가방부터 출퇴근용 손가방까지, 큰 것부터 작은 것까지, 돈 주고 산 것부터 선물로 얻은 것까지 많기도 많았다. 가방마다 그 사연이 주르륵 머리에 떠올랐다. 지나온 날들이 주마등처럼 지나갔다. 멀쩡한 것을 내다버리는 마음이 괴로웠다. 어디 나만 그런가. 아내의 핸드백은 더하다. 남대문 시장에서 산 싸구려부터 유명 브랜드 제품까지, 작은 것부터 큰 것까지, 가벼운 것부터 무거운 것까지, 진품에서 짝퉁까지 왜 그리도 많은지 깜짝 놀랄 지경이었다. 나이가 들면서부터 아내는 주로 가볍고 실용적인 손가방을 들고 다니는데 심지어 사람들이 안 볼 때는 그것도 무겁다며 나한테 들라고 하면서도 이번에도 아내는 하나도 버리지 못했다. 옷에 맞춰, 날씨에 따라 다 쓸모 있다고 하는 그 말을 믿어야 할지 말아야 할지 모르겠지만 그나마 가방 몇 가지라도 버린 내가 훨씬 낫다. 그래봤자 오십보백보 차이지만 말이다.

이렇게 이삿짐을 풀면서 시간을 갖고 천천히 하나씩 버리기 시작했는데 하루이틀 지나면서부터 조금씩 과감해졌다. 그동안 받은 기념패니 기념사진은 아주 중요한 몇 개를 빼고는 다 버렸다. 남들에게 보란 듯이 진열해두었던 크고 작은 장식품들도 구질구질하고 촌스러운 것은 많이 버렸다. 그런 기념패를 버리고 사진을 찢고 장식품을 버리다가 손길을 놓고 한동안 생각에 잠기곤 했다. 내 역사가 그렇게 속절없이 사라지는 게 서글펐고 내가 나 스스로를 버리는 것 같아서 슬펐다.

그런 생각이 들 때마다 다시 처박아둘까 생각도 했다. 사진이 특히 그러했다.

애들 어릴 때 찍은 사진을 다시 보고 우리 부부가 젊을 때 찍은 사진을 다시 보는 즐거움은 어디에 비견比肩 키 어려울 정도로 좋았다. 애들도 어릴 때가 귀여웠고 우리도 젊을 때가 아름다웠다. 그렇게 찬란한 아름다움을 가지고 있은 줄을 그때는 몰랐다. 아내의 얼굴이 예쁜 줄을 그때는 몰랐다. 젊은 것만으로도 예뻤다. 그때 사진에는 주름이 없었고 얼굴에 윤기가 흘렀다. 사진을 보니 그때 홍안인 내가 지금은 백발이 성성하고 머리털이 반쯤은 온데간데없다. 나도 모르게 세월이 그만큼 흘렀다.

가족사진 외에 버리기엔 아깝고 갖고 있기에는 그저 그런 것이 학창시절이나 회사 다닐 때의 사진첩이다. 그 속에 한때는 믿고 의지하고 다정했던 사람들이 있었다. 그렇지 않아도 그들과의 인연이 끊기고 서서히 사라지고 있는데 그런 사진을 버린다니 결정이 쉽지 않았다. 그러면서도 이삿짐 정리할 때나 한 번씩 쳐다보는 이 많은 사진들을 이번 기회에 버리기로 결심했다. 그 중에서 어떤 걸 우선적으로 버릴까 망설였다. 결국은 남아 있는 게 많지 않은 학창시절 사진은 대부분 그대로 두고 직장생활하면서 찍은 사진을 주로 버렸다. 여럿이 찍은 사진 중에서 내가 눈을 감았다든지 인상을 찌푸렸다든지 머리카락이 날려 내 얼굴을 가리고 있다든지 내가 한쪽 구석에 치우쳐 있는, 여하튼 내 맘에 안 드는 사진부터 가차 없이 버렸다. 지극히 주관적이나 그 것이 기준이었다. 이런 내 행태에 스스로 실소를 금치 못했지만 그렇게 했다.

오래된 내 사진부터 최근 사진을 주욱 늘어놓고 보니 세월의 변화를 확연히 알 수 있었다. 멀리 갈 것도 없이 5년, 10년 전만 해도 지금과는 얼굴 때깔조차 달랐다. 그때는 얼굴에 윤기가 났다. 지금은 그때만큼 술을 마시지도 않고 건강이나 챙기고 훨씬 여유롭게 지내는데도 그만 못했다. 세월은 못 속인단 말을 사진 속에서 실감했다. 아마 또 몇 해 뒤면 오늘을 두고 똑같은 생각을 할 것이다. 노인들이 사진을 안 찍으려는 것을 이해했다.

지난 시절, 힘들고 고뇌했던 순간들이 왜 없었겠는가. 기분이 좋은 날도 있었고 나쁜 날도 있었다. 뛸 듯이 기쁜 날도 있었고 어디론가 숨고 도망치고 싶은 날도 있었다. 사진 속에서 그런 날들이 보여 기쁘기도, 슬프기도 했으나 지나고 보니 모두 좋은 때였다. 이삿짐을 싸고 풀면서 물건은 물론 사람과의 인연도 버려야 한다는 생각을 많이 했다. 앞으로 쓸모가 없는 줄 뻔히 알면서도 아까워서 버리지 못하고 있는 계륵 같은 인연들을 하나둘씩 버릴 생각이다. 버려야 할 때 버리지 못하면 두고두고 짐이 된다. 이별도 때가 있고 때를 놓쳐서는 안 된다. 버리기엔 아깝고 가지고 있기엔 부담스러운 애착과의 이별은 가급적 빠를수록 좋다. 후회 없는 삶의 첫걸음은 이러한 계륵과의 이별이다. 그래도 버려야 하는 줄 알면서도 버리지 못하고 있는 것이 있고 버린 것 같으면서도 버려지지 않고 남아 있는 것이 있다. 그래서 사람이다.

요가의 수행 방법인 단샤리斷行. 捨行. 離行를 많이 생각하는 요즈음이다. 끊을 건 끊고 버릴 건 버리고 떠나보낼 건 떠나보내야 한다. 어차피 언젠가 끊고 버리고 떠나야 함으로.

하지만 인연과 집착을 끊지 못하고 사는 게 인생이다. 그래서 살 만한 건지도 모른다.

동해 바다가 내려다보이는 곳에 오랜만에
왔다. 붉게 핀 해당화가 끝물의 아름다움을 보여주고 있어 볼만
했다. 6월 초의 선선한 바람이 짙어진 녹음과 어울려 더할 나위
없이 좋았다. 딸네와 같이 와서 애들이 잘 동안 살그머니 방에서
나왔다. 아내와 둘이서 호젓한 이른 아침을 즐기는 것이 좋았고
이른 아침이라 커피숍이 문을 닫은 것은 아쉬웠다. 여기까지 와
서도 손자들 뒷수발하며 힘들어하는 아내가 안쓰러웠고 벌써 할
머니가 된 것이 쓸쓸했다. 바닷가를 산책하면서 우린 그 옛날 어
린 아들딸을 데리고 여기까지 버스를 몇 번씩 갈아타고 신나게
왔던 때로 가 있었다. 하필 그때는 비가 밤낮으로 내려서 해수욕
장에는 들어가보지도 못하고 비좁은 민박집 방 안에서 죽치고
앉아 아이들과 놀아주던 그날로 우린 돌아가 있었다. 그 어린 딸

이 커서 아이를 둘이나 낳아 기르다니 세월이 많이 흘렀다. 그새 아빠가 할아버지로 바뀌었고 민박이 콘도로 바뀌었다.

산책을 하면서도 전날 밤에 딸이 무심코 한 말이 뇌리에서 떠나지 않고 자꾸만 뱅뱅 돌았다. 그냥 지나가는 말이었는데 괜히 나 홀로 상처를 입어 피를 흘리고 있었다.

"아빠 팔뚝이 늙었다."

내가 생각해도 얼굴이나 신체의 다른 부위와 달리 유독 팔뚝이 빨리 늙는다. 머리가 희어지고 목살이 엷어지고 얼굴에 탄력은 줄어들어도 별로 주름은 없는 편인데 유독 팔뚝만은 그렇지 않다. 잘게 금이 간 유리처럼 팔뚝에 잔주름이 생기고 피부가 접혀져 늙은 티가 난다. 아버지도 그러셨으니 그것도 유전이다. 팔뚝 주름이 잡히는 게 기분 나쁘고 보기 싫으면서도 평소에 그쪽으로 눈이 자주 가고 있는데 딸애가 그런 내 가슴을 푹 찔렀다.

"그래, 가보자. 생각난 김에 가보자. 여기 온 김에 바로 가보자." 딸애가 한 말이 이렇게 자꾸만 나를 부추겼다. 머뭇거리면 아주 못 갈 것 같아서 내친 김에 가보기로 결심했다. 더 늦기 전에 당장.

40년 만의 귀향이다. 태어나고 자란 고향을 떠나 셋방에서 내 집으로, 서울과 지방, 서울에서만도 내가 둥지를 튼 곳이 열 곳은 되지만 그 어느 곳보다 항상 마음속에 남아 영원히 잊히지 않는 곳, 떠난 후 다시 가보지 못한 그곳에 가보기로 했다. 내 평생 한 번은 꼭 가보고 싶은 곳이었으면서도 가보지 못한 곳, 더 이상 늦으면 갈 수 없을 것 같은 곳, 남자이기에 꼭 가보고 싶은 곳, 젊은 시절 내가 군생활을 했던 그곳에 가보기로 했다. 다행히 여기 양양에서는 크게 멀지 않은 곳이고 서울로 가는 길에 조금 돌아가면 될 것이다. 같이 온 애들을 따로 보내고 우린 다른 길로 출발했다. 애들이 뜨악해하고 아내가 못마땅한 눈치를 보였지만 이 기회에 수십 년간 내 가슴속에 묵은 체증滯症을 내려 보내고 싶었다.

인제와 양구를 거치는 코스를 마음으로 정하고 내비게이션에 먼저 천도리를 찍었다. 양양에서 미시령 길로 들어서자 안개가 섞인 가는 비 뒤끝이라 설악산 큰 바위덩어리를 덮을 정도로 크게 걸렸다. 흰 구름이 정상의 암벽에 하얀 장막을 친 듯 바람 따라 오르락내리락하면서 설악산 정상을 가렸다 덮었다 하는 한 폭의 그림이 눈앞에 보였다. 이에 감탄하다가 갓길에 차를 세우고 멋있게 사진을 찍었지만 결국 역광이어서 작품으로서의 가치는 없었다. 이 노선을 선택하는 바람에 덤으로 이런 장관壯觀을 구경하게 되었다. 찌뿌듯했던 기분이 한결 나아졌다. 내가 아내와 같이 살아오는 동안 수십 번은 말했을 자랑스럽고 찌그러진 추억이 서려 있는 곳으로 가는 바람에 얻은 뜻밖의 행운이었다.

항상 마음속에 남아 영원히 잊히지 않는 곳, 내 평생 한 번은 꼭 가보고 싶은 곳이었으면서도 가보지 못한 곳, 더 이상 늦으면 갈 수 없을 것 같은 곳, 그곳에 가보기로 했다. _사진 ⓒ Sten Porse@wikimedia commons

원통을 지나면서부터 감회가 새로워지며 내 젊음의 한때가 지나가고 있었다. 천도리, 서화리라는 마을 이름이 낯설지 않고 익숙했다. 세월은 이곳도 비켜가지 않아 비포장 좁은 길이 널찍이 포장되어 있었다. 칠성고개를 넘어 하천은 넓어지고 물이 많이 흘렀다. 그때나 지금이나 변함없이 흐르는 하천을 보면서 드디어 여기가 거기라는 생각이 들었다. 내 마음속에 있던 이곳은 무척 오지였는데 다른 지역의 여느 마을과 별반 다름없이 새로 짓고 개발된 가옥이 많아 오히려 낯설었다. 그때는 오로지 군용 차량이나 가끔 지나다니던 길에 지금은 심심치 않을 정도로 버스와 승용차가 다니고 있었다. 그렇게 변했다.

오늘 내가 이곳에 온 것은 내가 그동안 말한 것이 상상이 아니라 사실임을 증명하고 싶었던 것이다. 갈대가 무성한 개울가 도로변에 〈지뢰 매설〉이라는 경고 팻말이 있는 그 장면을 보여주고 싶었고 그런 내 추억을 확인하고 싶었다. 그런데 내 기억과 상상 속에 있는 흙길과 개울이 아니었다. 그것과는 너무 다른 포장이 잘 된 도로와 주변의 변화되고 발전된 모습에 내가 조금은 실망하고 당황하고 멋쩍어하면서도 나름의 감회를 조심스럽게 토로하고 있을 때 운전석 옆자리에 비스듬히 누운 여자는 반쯤 졸고 있었다. 젊은 남자들만의 세계에서 있었던 가지가지 에피소드를 열심히 들어주었던, 한때는 싱싱했던 여자가 늙어서 졸고 있었다. 맥이 빠지고 김이 샌 내가, 내 말을 듣고 있느냐고 신경질을 냈을 때서야 반응이 있었다.

"엄청나게 깊은 골짜기고 높은 산인 줄 알았다니까, 참."

실망스러운 표정이 역력했다. 저 너머 철책이 있다 해도 심드렁했고 '금강산 가는 길'이라는 표지가 보이는데도 그랬다. 그때처럼 인적이 드물지 않은 게 도리어 안타까웠다. 그때는 이렇게 도로가 잘 뚫린 곳이 아니었다. 울퉁불퉁한 길을 터덜거리며 지겹도록 달리는 지프차 안에서 엉덩이를 들썩이며 오고 간 그런 길이어야 하는데 그게 아니었다. 내가 알고 있던, 그렇기를 바랐던 곳이 아니었다. 그렇다면 여기서 더 이상 지체할 필요가 없었다. 차를 돌렸다. 더 이상 미련 없이 내 진정한 고향으로 가는 길로 돌아섰다.

'인제 가면 언제 오나 원통해서 못살겠네'라는 말이 그 당시 군인 사회에 유행했다. 헤어져서는 죽고 못살 것 같던 우리 동기생들이 춘천 보충대에서 화천과 양구와 인제로 뿔뿔이 흩어졌다. 그리고 오직 세월을 낚았다. 그렇다. 지금부터 인제와 양구의 경계인 광치령을 지나 내가 오직 세월을 낚았던 그 양구로 향하는 것이다. 광치령은 그때나 지금이나 높았다.

이 고개를 넘어 양구에서 설악산까지 유격훈련을 받으러 갔었고 그날은 하필 비가 내렸었다. 완전무장을 하고 열두 시간 넘게 밤새 걸어갔을 때 이 고개는 한없이 높고 높았다. 비 맞은 군화엔 물이 흥건히 고여 철퍼덕거렸고, 발가락엔 허연 물집이 생겼고, 온몸이 땀과 물로 흠뻑 젖었고, 밤새도록 걸은 몸은 지칠 대로 지쳐 있었다. 일찍 도착한 병사들은 몇 시간이라도 잠을 잤으나 제일 늦게 도착한 나는 휴식 없이 곧바로 유격훈련을 받았다. 지치고 둔한 몸이 크게 다쳤다. 지금도 비가 오거나 날이 흐리면 발목이 쑤시고 장딴지는 무거워지고 자주 쥐가 난다. 한 자세로 오래 있기가 힘들고 잘 때는 다리를 높여 자고 있다.

내가 감개무량하여 이런 추억어린 이야기를 했으나 나의 '그런 날'은 아내에게서 별다른 흥미를 끌어내지 못했다. 비를 맞으며 밤새 걷던 광치령은 숲이 더 깊어졌고 경치가 좋은 곳에는 펜션이 들어섰다. 내 나름 지난날을 회상하며 그 역사의 현장을 천천히 지나고 있는데 속을 모르는 아내는 해가 진다고 빨리 가자고 했다. 나의 이 아프고 슬픈 이야기를 듣는 둥 마는 둥 하던 아내는 내가 크게 다쳤다는 마지막 말에 건성으로 대꾸했다.

"그때나 지금이나 둔하긴……."

매사 둔하다는 말은 워낙 자주 들어서 크게 불쾌하지 않았지만 그래도 이 순간 여기서 굳이 그런 말을 할 건 아니다. 거기다가 첩첩산중인 줄 알았는데 그건 아니라든지 남자라면 다들 하는 고생을 내가 과장해서 말한 듯이 몰아세울 땐 억울하고 서운했다.

'여기에도 펜션이 많네, 여기까지 누가 와서 이용이나 할까?'

아내가 이렇게 혼잣말을 했을 때 나는 대답을 안 했다. 나는 과거에 살고 있었고 아내는 현재에 살고 있었다. 양구읍까지 묵묵히 차를 몰았다. 장단을 맞추는 한마디만 했어도 차 안의 적막이 그리 오래 가지 않았을 것인데 말이다.

귀향, 나의 젊은 시절 한때의 고향, 양구. 수많은 추억이 서린 곳이다. 딱 한 번의 외박, 얼마나 좋았던가. 부대 밖으로 나온 것만으로도 얼마나 좋았던가. 그때 밖에서 먹은 밥은 얼마나 꿀맛이었던가. 때가 꼬질꼬질한 내 몸이 얼마나 부끄러웠던가. 그 하루가 가지 않고 영원하기를 얼마나 바랐던가. 도살장 같은 곳으로 또다시 들어가야 할 때는 얼마나 싫었던가. 그랬다. 그런 날이 있었다. 토요일, 부대 아래 큰 길에 뽀얀 먼지를 날리며 택시가 달려올 때는 사슴목이 되었다. 누구라도 좋았다. 누구든지 면회 와주기를 바랐고 양구읍에서 자고 먹고 씻을 수 있기를 바랐다. 딱 한 번이었다. 그리고 다시는 없었다.

기억만으로 내가 복무하던 부대를 금방 찾아갈 줄 알았는데 물어물어 찾아갔다. 아침마다 점호가 끝나면 수백 번은 구보를 했던 길이 긴가민가했다. 위병소에서 묻고서야 정확히 온 줄 알

왔다.

내가 이 부대에서 복무했고 40년 만에 찾아왔다고 하니 뜻밖에도 친절히 안내해주었다. 여기까지 무턱대고 오기는 했지만 설마 안으로 들어가볼 수 있을까 했는데 정말 고마웠다.

너무 많이 변했다. 옛 기억을 떠올릴 곳이 거의 남아 있지 않았다. 상전벽해가 이를 두고 하는 말이었다. 오른쪽에 있던 위병소가 왼쪽으로 높다랗게 올라가 서 있었고 멋지게 현대식으로 지어져 있었다. 얇고 누런 화장지조차 없어 절절맸는데 화장실에 좌변기까지 있어 나를 놀라게 했다. 면회실도 어지간한 중소기업 면회실보다 깨끗하고 훨씬 나았다. 드문드문 산재해 있던 옛 막사는 대부분 철거되고 최신식 건물 한 곳으로 그 기능이 모아졌다. 거기서 거의 모든 일이 이루어지고 있었다. 내가 그 옛날 자고 먹고 일하던 건물이 흔적조차 없이 사라졌다. 그때는 아침 기상나팔 소리를 들으며 일어나 교육훈련을 받고, 보초를 서고, 사역을 하고, 밥을 먹고, 잠을 자는 게 주된 일이었다. 나는 몇 달 차이로 고참이 줄줄이 있어 행정병이라 해도 행정을 보는 일은 말년 몇 달에 불과했다. 하루는 짧았고 한 달은 길었다. 한 달은 짧았고 한 해는 길기만 했다. 그런 상념에 잠길 수 있어서 좋았지만 내가 힘들어했던 그런 현장을 볼 수 없어 슬펐다. 아내에게 이쪽저쪽 손짓을 하며 옛 추억을 더듬었다.

어느 추운 겨울날, 난로에 쓰는 기름 한 통을 들고 비탈길로 올라가다가 얼음이 녹지 않은 곳에서 미끄러져 들고 가던 기름을 반쯤 넘게 땅바닥에 쏟았다. 땅바닥이 대번에 흥건해지며 바지는 쏟은 기름으로 금방 뻣뻣해졌고 기름통이 가벼워진 만큼 엄청나게 두들겨 맞고 혼이 났다. 그 비탈길이 저쪽에 보이는 바로 저곳이다. 그래도 남보다 힘이 좋아 방벽 쌓기용 무거운 돌들은 잘 날랐는데 그 방벽이 여기서는 보이지 않는 그 위 저쪽에 있다. 어느 날, 불침번이 깨우지 않은 잘못을 내가 뒤집어쓰고 자다가 아닌 밤중에 홍두깨격으로 무자비하게 두들겨 맞았을 때 보초를 서면서 순찰 나온 그를 죽이고 싶었다. 그때 난생 처음 살기라는 걸 나 스스로 느꼈다.

그렇게 감회에 젖어 그런 곳이 이 언저리였다는 말을 해도 아내는 무덤덤했다. 나의 추억을 같이 공유하기를 바란 내가 잘못이었다. 나의 추억은 갈수록 김빠진 맥주가 되었다.

내무반은 생활관이란 이름으로 바뀌었다. 가운데 통로를 두고 양쪽으로 나무 바닥으로 연이어진 침상에 수십 명이 누워 자던 곳은 열 명 남짓 생활하는 철제 침대가 있는 곳으로 변했다. 병사들은 활기찼고 씩씩했고 절도가 있었다. 군장비의 현대화란 말은 들어 그러려니 했지만 이렇게 병영 문화가 바뀐 줄은 상상도 못 했다. 대한민국의 온 천지가 발전한 것이 실감났다. 내가 옛 기억을 떠올리며 이런저런 것을 물어보았을 때 안내 중사의 답은 대부분 과거형이었다.

"그랬답니다. 있었답니다."

내가 젊음을 바친 시절이 전설이 되어 있었다. 나의 말 못할 감회가 이들에게 쉽게 피부에 와 닿지 않는 것이 지극히 정상이면서도 섭섭했다. 어찌 내 마음을 이해할 수 있을까. 피곤한 몸을 한시라도 빨리 푹 눕히고 싶은 아내가 이해가 되었다. 내가 나이가 들긴 들었구나.

"이제 속이 시원하겠네. 그렇게 한 번 오고 싶어 하더니."

"이젠 다시 안 올 거야."

나는 옛 시조처럼 "산천은 의구하고 인걸만 간 데 없기"를 바랐다. 많은 세월이 흘렀으니 알던 사람들을 만날 수 있으리라고는 애초부터 바라지 않았지만 그래도 내 젊음의 땀이 서린 그 현장이 얼마쯤은 남아 있기를 바랐는데 꿈같은 바람이었다. 그런데도 서울로 오는 내내 내 기억의 테이프는 그 옛날로 돌아가 있었다. 일부러 튼 테이프도 아닌데 돌아가고 있었다. 피곤해 잠든 무심한 아내에게는 그 기억을 한마디도 해주지 않았다.

무거운 돌을 나르며 힘들게 쌓은 방벽을 보고 싶었고 아내에게 보여주고 싶었다. 겨울이면 양고기 기름이 묻은 그 지긋지긋한 플라스틱 식기를 닦으며 진절머리를 냈던 식기 세척장을 보고 싶었고 보여주고 싶었다. 다리가 붓도록 몇 시간씩 보초를 서던 참호를 보고 싶었고 보여주고 싶었다. 졸병 시절 취침 점호가 끝나면 고참에게 불려 나가 일장 훈시를 듣고 두들겨 맞던 막사 뒤 페치카(벽을 가열하여 난방을 하는 벽난로)도 보고 싶었고 보여주고 싶었다. 다 없어졌다. 고되고 힘들었던 하루가 속절없이 지나간 곳을 보고 싶었고 보여주고 싶었는데 그 열악한 흔적이 모두 사라졌다.

헤어진 옛 애인은 만나지 말라는 말이 있다. 마음속에 남아 있는 풋풋하고 청신한 그 얼굴이 '젊음의 뒤안길에서 이제는 돌아와 내 앞에 우두커니 선 주름진 얼굴'이 되어 있을까 두려워서다. 그랬다. 아니 그 반대였다. 내 마음속에 있던 암담하고 모질고 답답하고 힘들고 삭막하고 무자비했던 지옥이 천국으로 변해 있었다. 군대 생활이 결코 천국일 리는 없지만 그 시절에 비해 말할 수 없이 좋아져 내가 보기에는 천국으로 보였다. 그런데 천국을 본 내 마음이 이렇게 아쉽고 쓸쓸하니 알다가도 모를 일이다. 40년이 흘렀다.

차 안에서 곤하게 자던 아내가 눈을 떴다. 휴게소에 한 번도 안 들르며 달려온 자동차처럼 쉬지 않고 이어져왔던 나의 귀향도 마무리할 때가 되었다.

그런데 왜 평생토록 잊지 못하고 그렇게 그곳에 가고 싶었을까. 아니 오고 싶었을까. 여자인 아내는 이곳까지 와서도 그 이유를 이해 못 하고 아예 이해하려고 하지도 않았다. 대부분의 남자는 이해하고 대부분의 여자는 이해하지 못하는 젊은 날의 경험이었다.

인생 한때의 고된 훈련장이었다. 그래서 젊음의 한때를 바친 내 역사의 현장에, 내 고향에 가보고 싶었다. 고달프고 힘들었고 쓰라린 추억이 곳곳에 묻힌 곳이고 거기서 생활한 3년의 전과 후는 많은 것이 달랐고 나도 많은 것이 달라졌다.

혈기 왕성한 때, 발가벗은 몸뚱이에 똑같은 옷을 입은 까까머리 남자들이 모여 온몸으로 부대끼면서 날마다 웃고 울고 참고 견뎠다. 많은 것이 다르면서도 많은 것이 같았다. 동작이 빠른 사람도 있었고 느린 사람도 있었다. 많이 배운 사람도 있었고 적게 배운 사람도 있었다. 성품이 너그러운 사람도 있었고 모진 사람도 있었다. 누군가는 스트레스를 받았고 누군가는 스트레스를 풀었다. 다만 나에겐 단맛보다는 쓴맛이 많았다.

그 후 살아오면서 애국이라는 고귀한 이름으로 거창하게 포장하지는 않았지만 항상 떳떳했다. 전방에서 힘들게 생활했다는 게 자랑스러웠다.

이번 귀향으로 그동안 고이 간직해온 빛바랜 흑백사진을 누군가 천연색으로 손질을 해놓은 듯한, 탓할 수는 없지만 칭찬하고 싶지도 않은 기분을 맛보았다. 어린 시절 오래 살아왔던 집을 애써 찾아갔지만 흔적도 없이 사라진 것을 보았을 때의 그 비슷한 느낌을 맛보았다. 살던 터만 남고 다른 사람이 근사한 집을 지어 살고 있을 때 느끼는 황당함, 바로 그것이었다. 수십 년 만에 찾아간 초등학교 운동장에 파랗게 인조잔디가 깔렸을 때 좋아졌다고 말은 하면서도 뭔가 아쉽고 어색한 기분, 바로 그것이었다. 그렇게 가보고 싶었어도 아득하고 한없이 멀게 느껴져 쉽게 결심을 못했던 곳이 불과 두 시간 거리에 있다는 것도 황당하고 낯설었다. 그럴 줄 알았으면 진작 갈 수도 있었는데 괜히 미루고 또 미루었다.

그냥 가슴에만 묻어두는 것이 좋았는지, 이렇게라도 갔다 온 것이 좋았는지도 혼란스럽다. 가지 않았으면 평생 후회했을지 모르지만 안 간 것만 못했다는 생각도 든다. 지난 세월, 이곳만 생각하면 그 시절과 다름없이 내 마음의 풍차가 돌고 있었는데 앞으로는 돌지 않는 풍차가 되어 내 기억의 저편으로 영원히 사라질 것이다.

40년이란 짧지 않은 세월이 순식간에 지나갔다. 그때는 고뇌에 찬 젊은이였는데 지금은 손자들 데리고 동해 바다를 보러 온 할아버지가 되었다. 그때는 건강한 팔뚝이었는데 지금은 탄력을 잃어가는 팔뚝이 되었다. 이번 귀향으로 그래도 잠시나마 젊은 날로 돌아가 가슴속 응어리가 풀렸고 팔뚝의 주름살이 쭉 펴졌다. 그런 내 팔뚝에는 주름살이 펴졌는데 아내의 이마에는 주름살이 길게 그어져 있다.

그래도 별처럼 빛나는 시절이었다. 아파도 좋았고 힘들어도 좋았다. 거기만 벗어나면 모든 것이 풀릴 것만 같았다. 앞날에 대한 꿈이 있어 좋았다. 길고 지루하게만 느껴졌던 그 3년도 순식간의 세월이었듯이 지난 40년도 고개 한 번 돌리니 저만치 바로 닿을 곳에 있다. 앞으로 남은 세월은 그보다도 짧다. 그래서 앞으로 살아가는 날이 더욱더 알차고 포근하고 원숙한 꿈이 있는 날이었으면 좋겠다. 그제도 소중하고 오늘도 소중한 하루였다. 그까짓 팔뚝의 주름살 때문에 축 처지고 맥 빠지는 그런 날이 되어서는 아니 되고, 아니 되었으면 좋겠다. 기지개를 켜며 그렇게 다짐하고 또 다짐했다.

"아빠 팔뚝이 늙었다."

딸애가 무심코 한 이 말이 약이었을까, 독이었을까. 꿈같은 하루였다.

잃어버린 모자

눈 덮인 청계산 산행을 한 후라 따뜻한 버스 안에서 나도 모르게 졸고 있다가 아내가 옆구리를 쿡 찌르는 바람에 허겁지겁 버스에서 내렸다. 버스가 몇십 미터도 안 갔을 때다. 아뿔싸, 머리가 허전했다. 내가 자주 쓰는 겨울 모자를 차에 두고 내린 것이다. 그 감색 모자는 어느 지인이 나와 이별하면서 기념으로 사준, 고급스러운 털모자라 날씨가 추워지기만 하면 산행이든 외출할 때든 언제나 쓰곤 했다. 너무 오래 되고 자주 쓰는 바람에 몹시 추울 때 귀까지 내려 쓰는 부위가 조금 해지기는 했지만 감색 가죽 색상도 마음에 들었고 촉감이 좋아 자주 애용했다. 낡아도 멋있었고 손으로 만지는 챙 부위에 기름때가 묻은 것도 반질반질한 게 멋스러워 보여 주변 사람들에게 자주 자랑도 했다. 내가 가진 그 어느 모자보다도 나에게 잘 어울려 매년 봄이면 다시 세탁을 해서 보관하다가 추워지면 다시 썼고 그럴 때마다 그 모자를 선물한 사람과의 인연을 돌이켜보곤 했다. 그 사람도 멀리 다른 나라로 떠났다.

그런데 내가 그렇게 애용하는 모자를 어처구니없게 졸다가 잠결에 떨어뜨린 것이다. 그 모자가 버스와 함께 저만치 가고 있었다. 그냥 이렇게 보내버리기엔 너무나 아쉬워 택시를 잡아타고서라도 그 버스를 따라잡아 모자를 찾으러 갈까 망설이고 있을 때다.

"낡아서 버릴 때도 됐고 다시 똑같은 걸로 사면 되지 뭘 택시까지 타고 가서 찾으려 하느냐?"는 아내의 말에 헷갈려 갈팡질팡하며 멈칫거리는 사이에 저만치 가던 버스가 보이지 않았다. 그렇게 그 모자는 나와 영영 이별을 하고 말았다. 밥 먹는 자리에 앉아서도 마음이 짠했다. 택시를 타고 가서라도 찾았어야만 했다는 생각에 술맛이 나지 않았다. 약속 시간이 그렇게 다급하지도 않았는데 말이다. 아쉽지만 이제 와서 어쩔 수 없기에 그 감색 모자가 좋은 주인을 만나 새로운 삶을 살기를 바랐다. 적어도 버스 바닥에 떨어져 이 사람 저 사람 발에 밟히는 신세로 전락하다가 쓰레기장으로 가지 않기를 바랐다.

그런데 그와 똑같은 모자를 찾기가 쉽지 않았다. 빨리 똑같은 것을 사오라는 나의 성화에 아내가 이 백화점 저 백화점, 이 시장 저 시장을 헤매고 다녔지만 똑같은 모자를 찾지 못했다. 결국

할 수 없다며 더 비싸고 괜찮은 대용품을 사왔지만 그 모자만큼 잘 쓰지 않았고 겨울만 되면 나는 잃어버린 그 감색 모자를 그리워하게 되었다.

오늘도 가까운 산의 둘레길을 아내와 함께 걷고 있었다. 감기 몸살로 피곤하다는 아내는 전망 좋은 언덕까지 가는 데에만도 몇 번이나 쉬었다. 몸을 사리며 안 오려 할 때와는 달리 편백나무 그늘에서 운동기구를 돌렸다 당겼다 하면서 만지작거렸다. 오길 잘했다는 듯, 열심히 그런 동작을 하는 아내를 쳐다보며 시원한 맑은 공기를 마시는 맛이 좋았다. 그래도 돌아오는 길은 힘이 들었는지 벤치가 보이는 곳마다 쉬자고 했고 나는 큰 인심이나 쓰듯이 벤치에 주저앉아 같이 쉬었다. 갈 때도 대여섯 번은 쉬며 간 길을 되돌아오면서도 여러 번 쉬었다.

거의 다 와서 차를 세워 둔 곳이 저만큼 보일 때 갑자기 비가 내렸다. 많이 올 것 같지는 않았지만 나뭇가지에 빗방울이 떨어지는 소리가 들렸다. 내 머리에도 몇 방울 떨어졌다.

"내 모자, 모자가……." 땀이 나서 없어도 허전한 줄 몰랐던 내 머리에 모자가 없었다. 맨 머리카락에 비가 떨어지고 있었다. 내가 목표로 한 곳에 갔을 때는 틀림없이 있었으니까 오다가 벤치에서 쉬면서 벗어놓은 모자를, 그대로 두고 온 것이 확실한데 너무 멀찍이 와서 그 사실을 알게 되었다. 버리고 가기엔 아깝지만 돌아가기에는 너무 멀었다. 이 모자 또한 마음에 드는 것이라서 봄가을이면 즐겨 쓰고 다니는 것이다. 이번에도 찾으러 갈까 말까 망설이다가 포기하려고 했을 때다. 이번엔 아내의 반응이 지난번과는 전혀 달랐다. 운동하는 셈 치고 다시 갔다 오라는 것이다. 지난번 감색 모자를 잃고 나서 내가 몇 번씩이나 투덜대는 등쌀에 신물이 났는지 의외로 강경했다. 이번엔 아깝기는 했지만 저번보다는 못하고 상당히 많이 걸은 다음이라 피곤해서 다시 가고 싶지는 않았는데 말이다. 이러지도 저러지도 못하고 가는 비를 맞으며 설왕설래하다가 우리가 마지막 쉰 곳에 모자를 둔 것 같다는 데 어느 정도 의견이 일치했다. 거기까지는 빠른 걸음으로 30분 정도면 갈 것 같기에 아내에게 배낭을 맡기고 빈 몸으로 되돌아섰다. 혹시나 다른 사람이 주워갈지도 모른다는 조바심이 오가는 사람들을 추월하고 비켜가게 만들었다. 내 발걸음으로 남을 앞서는 경우는 거의 없는데 땀을 뻘뻘 흘리며 혹시나 잃어버릴까 해서 오르막 내리막을 쉴 새 없이 걸었다.

"또 가십니까?" 어느 부부가 놀란 듯이 이렇게 물었다. 내가 돌아서 올 때 마주친 낯익은 사람이다. 또 가다니, 내 나이에 너무 운동을 많이 하는 것 같아 보였나 보다.

"예, 모자를 두고 와서 찾으러 되돌아가는 길입니다."

"하얀 모자 말이지요? 벤치 위에 있던데요." 잃어버린 자식을 찾은 듯이 기분이 좋아졌다. 발걸음이 절로 가벼워지고 다시 오길 잘했다는 생각이 들어 콧노래를 불렀다. 그때부터는 서둘지 않았다. 이제나저제나 하며 되돌아간 산길은 생각보다 멀었다. 높낮이가 그리 많지는 않았어도 다시 거기까지 돌아가는 데 힘이 들었고 꽤 많은 시간이 흘렀다.

그러나 우리가 예상했던 그곳에 모자가 없었다. 틀림없이 있을 것으로 기대했고 당연히 있어야 할 그곳에 모자가 없었다. 다만 그 자리에 여자들 넷이 둘러앉아 늦가을의 햇살을 즐기고 있었다. 혹시나 해서 물어보았지만 그런 모자는 본 적이 없다고 했다. 내친김에 더 가볼까 하다가 여기에서 잃어버린 것이 확실한 것 같고 혼자서 무작정 기다리고 있을 아내 생각이 나서 되돌아섰다. '그까짓 모자가 뭐라고.' 나한테 한 말인지 아니면 '그까짓 모자'를 주워간 사람한테 한 말인지 분명치 않은 말을 중얼거리며 산마루를 되돌아섰다. 맥이 탁 풀리고 오는 길이 멀었다.

"혹시나 다음 쉼터에서 흰색이고 챙에 쇠로 만든 장식물이 있는 모자를 보면 알려주세요"라며 돌아오는 길에 만난 여자에게 말했고 내 핸드폰 번호를 가르쳐주었다. 나를 의아한 듯이 조금은 미친 사람처럼 쳐다보는 그 여자, 모자 하나 때문에 이러는 내가 우습고 처량해서 챙이 긴 모자를 푹 눌러쓴 그 여자의 얼굴을 제대로 쳐다보지도 못했다. 그새 빗방울은 그쳤고 돌아오는 발걸음은 무거웠다. 생각지도 않은 운동량이 되었다. 내가 오는 모습을 발견한 아내가 차 안에서 기다리다가 밖으로 나오며 손을 흔들었다. 개선장군이길 바라는 그녀의 기대에 어긋나게 나는 양손을 옆으로 흔들었다. 승전보를 울리지 못한 패잔병의 변명을 늘어놓았다. 아내의 위론지 체념인지 하는 말을 들으면서 씁쓸했다. 헌 모자를 갖고 가다니, 몇 시간 지난 것도 아니고 금방 찾으러 갔는데, 빈 하늘을 보고 삿대질을 했다.

"이 모자가 맞습니까? 운동기구 있는 곳 나뭇가지에 걸려 있어 혹시나 해서 가져왔습니다." 오는 길에 번호를 알려주었던 여자에게서 친절하게 모자를 찍은 사진과 메시지가 왔다. 좀 더 걸어가봤어야 했다.

"지금 정상인데 30분 후 약수터에서 만나실까요?"

"죄송하지만 벌써 시내까지 나와 있어서 산에서 내려와 연락 주시면 찾으러 가겠습니다."

"그러면 우리 아파트 경비실에 맡겨놓겠습니다."

"알겠습니다. 정말 감사합니다."

그렇게 집 나간 모자는 내 손에 들어왔다. 비닐봉지에 곱게 집어넣어 둔 마음씨가 예뻤다. 감사의 메모와 가벼운 선물을 경비실에서 맡겨두고 온 내 마음도 가벼웠다.

언제부턴가 물건을 두고 오는 경우가 가끔 있다. 그럴 때마다 알짝지근한 게 며칠씩 간다. 하찮은 물건이라도 누구든지 자기

물건처럼 사람도 유통기한이 있는 건지, 가을바람에 낙엽이 되어 하나둘씩 떨어지듯 내 주변에서
가까운 사람들이 사라지고 고목에 새순이 돋듯 아주 가끔, 아주 가끔 새로운 만남이 있을 뿐이다.
_사진 ⓒ J.smith@wikimedia commons

가 쓰던 물건을 잃어버리면 아깝고 애석하기 마련이다. 하물며 물건도 그럴 바에 사람은 오죽할까. 내 또래 중에서도 다시 못 올 길을 가는 사람도 생겼고 무슨 연유인지 소식이 두절되거나 뜸해지는 사람이 점차 많아지고 있다. 물건처럼 사람도 유통기한이 있는 건지, 가을바람에 낙엽이 되어 하나둘씩 떨어지듯 내 주변에서 가까운 사람들이 사라지고 고목에 새순이 돋듯 아주 가끔, 아주 가끔 새로운 만남이 있을 뿐이다. 잃어버린 감색 모자처럼 다시는 안 돌아오는 거야 어쩔 수 없지만 간혹은 이번처럼 되돌아오는 모자도 있었으면 좋으련만 그리 쉽지가 않다. 그래서 돌아온 모자가 더욱 소중했다.

두어 달 전, 가깝게 지내는 사람이 약속 날이 임박해서야 약속을 지킬 수 없다고 연락이 왔다. 그럴 사람이 아닌데 코앞이 되어서야 연락하는 게 심상치 않았다. 복부에 혹이 나서 수술을 했는데 회복이 생각보다 길어진다고, 당분간 전화를 안 받는 걸 양해해달라고 했다. 그 후 내가 보낸 문안 메시지를 보지도 않았다. 꼭 이번에 내 손에 돌아온 모자처럼 반갑게 다시 만났으면 좋겠다고 기도하면서도 감색 모자처럼 영원히 이별할까 두려웠다. 불길하고 묘한 상상을 하게 되었는데 그 예감이 맞았다. 다시는 찾을 수 없는 잃어버린 모자가 되었다.

세월 따라 이런 일이 빈번해질 것을 생각하니 참을 수 없이 슬폈다. 그래서 되돌아온 모자가 더욱 소중하고 애착이 갔다.

지금 나에게는 얼마나 많은 모자가 있는가. 다시 볼 수 없기에 보고 싶은 사람들이 늘어나고 있는 요즘이다.

우
정

　　　내가 다니는 수영장에 70대 중반쯤 되어 보이는 노인 두 명이 왔다. 한 사람이 부축하고 또 한 사람은 끌리다시피 걸었다. 시속 100미터나 될까 말까 한 속도다. 한 사람이 또 한 사람의 양손을 잡고 한 걸음씩 걸었다. 걷기를 갓 시작한 두어 살 어린아이 걸음마보다 못하게 온몸을 부들부들 떨면서. 수심이 낮은 유아 풀장에서 재활치료를 위해 걸으러 온 것 같았다. 이끄는 노인이 쉴 새 없이 뭔가를 말해도 상대 노인은 들은 척도 하지 않는데 그러거나 말거나 한 번도 짜증을 내지 않는 게 신기했다. 그것뿐인가. 물 속 보행 연습을 끝내고 난 다음에는 후들거리는 몸을 천천히 부축해 나와 샤워기 부스를 붙들고 서게 한 후 머리를 감기고 온몸을 비누칠하며 씻기는 손길이 정성스럽기 이를 데 없었다. 드라이어로 머리를 말리는 건 그렇다 치고 비썩 말라 볼품없는 겨드랑이, 사타구니, 엉덩이 사이까지 꼼꼼히 닦고 말리고 발가락 사이를 하나하나 물기 없이 닦아주고 있었다. 70대 후반쯤 된 동년배 노인 둘이서 이렇게 다니는 것도 쉽지 않지만 주변 사람들의 눈을 의식하지 않고 모든 정성을 다하는 모습은 존경에 앞서 경이로웠다.

어떤 관계일까. 친구 사이라면 그 우정이 눈물겨울 지경이다. 설사 돈을 받고 하는 도우미라 할지라도 저렇게 정성스럽게 돌본다면 충분히 존경받을 만하다. 나는 이 모습을 보며 그 두 노인의 사이가 순수한 우정의 소산이고 요새 보기 드문 미담의 주인공이길 애써 바라고 있다. 그리고 나를 돌아보았다.

이런 차에 학교 다닐 때는 잘 어울려 다녔지만 최근에는 연락이 뜸한 친구로부터 전화가 왔다. 이 친구는 소식이 없다가도 꼭 부탁할 일이 있을 때만 전화하는 특징이 있어 벨이 울릴 때마다 멈칫하곤 했다. 이번엔 왠지 지난번처럼 돈을 빌려달라는 것이 아니어서 즐겁게 대화를 마무리할 찰나 뜻밖에도 딸의 결혼식에 꼭 와달라는 거였다. 오랜만에 전화해 윽박지르듯이 강요하니 난감했다. 간곡한 부탁을 거절하기도, 그렇다고 당일치기가 힘든 서울에서 지방까지 오가는 것도 쉽지 않았기 때문이다. 고심 끝에 반쯤 응낙을 했다.

같은 학교를 다니며 산 날들이 떠올랐다. 서로 떨어져 살면서

소식이 뜸해지고 거리가 멀어졌을 뿐 그 녀석과는 추억이 많다. 수영장의 두 노인처럼 그렇게는 하지 못할망정 겨우 결혼식에 참석하는 것 갖고 생색을 낼 그런 관계는 아니다. 가지 않으면 평생 찜찜했을 텐데 가기로 하니 마음이 편해졌다. 이런 기회에 거기에 사는 동기생들도 오랜만에 만나게 될 테니 도랑 치고 가재 잡는 격 아니겠는가. 오히려 거기에 더 무게를 실었다.

결혼식 시작 30분 전쯤 도착해서 주변을 둘러보아도 하객이 많지 않았고 내가 아는 얼굴이 전혀 보이지 않았다. 내가 다닌 많은 결혼식 중에서 하객이 이렇게 적은 경우는 처음 봤다. 하객이 적은 건 그렇다 치고 이 기회에 만날 것으로 기대했던 동기생들을 한 명도 만나지 못했다. 결과적으로 동기생 대표로 내가 참석한 꼴이 되어버렸다. 나한테만 연락했겠는가. 그런데 아는 친구가 아무도 없었다. 어떻게 살았기에 이런가 하는 생각이 들었다. 그 친구의 평소 처신과 살아온 역정을 돌이켜보게 되었다. 친구들에게 돈을 빌리고 갚지 않는 일이 많다는 말을 들었다. 간단히 말해 친구들에게 신용을 잃었다는 것이다. 내가 직접 겪었다기보다 풍문에 들은 것이지만 슬펐다. 우리 나이가 서서히 인생 중간결산을 할 때인데 그 성적표가 너무 초라해보였다. 고향친구들을 만나 소주잔을 기울이며 회포를 풀 생각으로 여유 있게 예매한 열차시간을 앞당겨야 하는 내 마음이 초라했다. 결혼식이 끝나고 서울로 올라오는 동안 내내 우울했다. 몸보다 마음이 더 피곤했다.

　친구들의 소중함을 일깨운 기회였다. 살아오면서 많은 사람을 만났지만 고단하고 힘든 날에 투정을 하고 하소연을 할 친구가 내게 있는가. 또 무슨 말을 하더라도 무슨 짓을 하더라도 받아주고 이해해주는 친구가 내게는 있는가. 그렇게 자문자답하는 계기가 되었다. 그래서일까. 그 후 내 나름의 버킷리스트를 작성하면서 '진정한 친구 갖기'를 그 하나로 넣었다. 다섯 명은 갖고 싶었다. 그런데 손을 꼽아보니 그것이 말처럼 쉽지 않았다. 내가 가진 주소록에는 아직도 수백 명이 있고 가끔이라도 연락하는 사람들만 해도 대충 50명은 넘고 자주 만나고 웃고 떠드는 사람이 20명쯤은 된다. 그런데도 진정한 친구라고 여기서 다섯 명을 고르기가 쉽지 않았다.
　내가 진정한 친구라고 생각한 사람이, 그도 나를 그렇게 생각해줄까 자신이 없어졌고 그 반대로 다행히 나를 진정한 친구로 생각하는 사람이 있다 하더라도 내가 그를 그렇게 생각하는지도 의문이었다. 두 사람이 공통되게 서로 진정한 친구라고 생각해야 되는데 그렇게 좁혀 보니 다섯 명은 고사하고 셋을 찾기도 쉽지 않았다. 목숨을 내줄 정도로 우정이 진한 친구를 말하는 것도 아닌데 그랬다. 며칠을 두고 곰곰이 생각해 겨우 몇 사람을 후보군에다 올려놓았을 뿐이다.

어느 날 술자리에서 내가 만든 버킷리스트에 '진정한 친구 다섯 명 만들기'가 있다고 한 친구에게 말했더니 쓸데없는 욕심 부리지 말라고 했다. 한 명이라도 있으면 굿good이고 두 명이면 베스트best라 했다. 그렇게 말하는 그와 나는 어떤 관계인가.

줄이고 줄여서 진정한 친구가 한 명이라면 누구고 두 명이라면 누가 될까. 묵은 김치가 낫다고 그중에서 오래된 친구들이 먼저 떠올랐다. 크게 잘나지는 않았지만 편하고 언제나 마음을 나눌 수 있는 두엇이 퍼뜩 떠올랐다. 그렇더라도 수영장의 그 노인처럼 할 자신은 없다. 인생의 중간 결산기인데도 그렇다. 한때는 죽고 못살 것 같았던 사람도 소원해지고 있고 경조사에서 마주쳐도 반가운 척하면서도 손이나 잡고 헤어지는 덤덤한 경우가 많이 생겼다. 요새 와서 친하게 지낸다 해도 산에나 가고 술이나 마시고 밥이나 먹고 떠드는 사람이 대부분이다. 사람살이가 그런 것 아닌가 자위하면서도 쓸쓸하다. 경조사에 연락이 없으면 서운해할 정도의 사람도 많지 않은 게 현실이다. 이런 날은 술이 생각나고 누군가 나를 그리워해주기를 바라고 있고 나도 누군가가 그립다. 밤늦게 전화기 버튼을 눌렀다. 늦은 밤이라도 이런 내 하소연을 묵묵히 들어주는 친구가 있어 그나마 다행이다. 이 녀석을 진정한 친구의 반열에 올려놓을까. 아니면 친구 같은 아내를 진정한 친구의 반열에 먼저 올려놓을까. 생각해봐야겠다.

5

다시, 길을 걷다

샌드위치 데이를 임시 공휴일로 지정하여
연 나흘의 황금연휴가 되었다. 좋은 세상이다. 도심이 한산하게
비었고 고속도로는 차들로 가득하다. 길이 막힌다고 투덜대고
짜증을 내면서도 즐겁던 나들이가 이젠 나와 먼 이야기가 되고
말았다. 이런 연휴일수록 가급적 집 근처에서 어슬렁거리고 있
다. 그럴 때 텃밭이 시간 보내기에 제격이다.

　올해 들어 텃밭을 분양받아 조그마한 땅덩어리에 열 가지 넘
는 작물을 심었다. 상추도 일반 상추와 양상추로 나누어 씨를 뿌
리고 오이, 쑥갓, 아욱, 배추, 가지, 애호박, 딸기, 토마토는 말할
것도 없고 심지어 땅콩, 생강까지 두루 심었다. 내가 처음 텃밭
을 시작하자고 했을 때 굼뜨고 게으른 내 성격을 잘 아는 아내는

반대했다. 내가 직장생활을 할 때 주말농장을 한 적이 있었는데 시작은 자못 창대했으나 그 끝은 미약하고 부실했던 실패의 경험 때문이다. 그런 아내의 의사를 무시하고 텃밭을 시작했다. 씨앗과 모종을 사고 거름을 사고 도구를 사는 것부터 생각보다 번거로웠다. 밭을 일구고 고랑을 파면서부터 아내가 왜 그랬는지 알 만했다. 눈으로 봐서는 별거 아닌 텃밭이 왜 그렇게 넓은지, 몇 번 삽질하고 허리를 젖히고 몇 번 괭이질하고 쉬었다. 겨우 닭똥 거름 몇 포대를 뿌리고 나서 허리가 뻐근해지고 괜히 덥석 시작한 것 아닌가 생각하게 되었다. 모든 것을 내가 다하겠다는 장담이 초장부터 무너졌다. 내가 삽이나 괭이로 갈아 놓은 밭에 모종을 심거나 씨를 뿌리는 일이 슬그머니 아내 차지가 되었다. 도대체 내가 하는 꼴이 미덥지 못해서다. "씨를 뿌리고 모종을 심고 물을 주고 풀을 뽑고 수확하는 모든 과정을 내가 다 한다"고 큰소리치고 시작한 일이 처음부터 어긋났다. 결국 주연이 조연으로 전락했다. 알아서 척척 하는 훌륭한 하인이 아니라 시키는 일도 제대로 못하는 변변찮은 하인이 되었다. 다행히 남자답게 커다란 플라스틱 조리개에 물을 가득 담아 들고 마른 흙에 물을 뿌리는 일만은 내가 전담하게 되었다. 물을 담고 보니 보기보다 무거웠지만 어슬렁어슬렁 할 수 있는 일이라 그걸 즐겼다. 하지만 그것조차 골고루 제대로 뿌리지 못한다고 매번 한마디씩 핀잔을 들었다. 모종을 심고 나서 바로 풍류남아인 척했다가 본

전도 못 찾았다. 친구들과 여기서 모여 상추와 쑥갓으로 삼겹살을 싸서 막걸리 한 사발 곁들여 먹었으면 좋겠다고, 닭이 알도 까기 전에 삼계탕을 해먹는다고 상상하는 꼴이 보기 좋고 듣기 좋을 리 없었겠지만 여하튼 텃밭을 가꾸며 나는 신이 났다.

복잡한 서울을 떠나 물 좋고 공기 좋은 곳에서 텃밭을 가꾸며 유유자적하게 지낸다고 주변 친구들에게 자랑했다. 산자락 끝 개울가에 자리 잡아 명당이 따로 없다고 자랑했다. 시간 나면 막걸리나 한 병 사서 오라고 생색을 냈다. 잎이 나오기는 고사하고 겨우 씨앗을 뿌리고서부터다. 다행히 아직까지 온 녀석은 없다. 이런 내 텃밭자랑에 대뜸 '주말농장을 하는구나' 하고 한 녀석이 아는 척하는데 이때는 평소의 나답지 않게 정색을 하고 완강히 부인을 한다. 그러고서는 엄숙하게 주말농장이 아니라 '매일농장'이라고 답해서 다들 박장대소하게 한다.

주말에만 가는 것이 아니라 매일 가는 것이니까 내가 거짓말을 하는 것은 아니다. 걸어서 30분 거리여서 백수의 빠질 수 없는 중요한 하루 일과가 되고 있는 것이다. 거기다가 심은 채소 가짓수를 하나, 둘, 셋하고 열이 넘도록 세면 내가 꽤 큰 농장이나 하는 줄 짐작했다가 무려 다섯 평이라고 하면 다들 배꼽을 잡고 웃는다. 땅콩 세 포기, 딸기 두 포기 이런 식이다.

오늘도 가는 비가 내리는 가운데 30분쯤 걸어서 그 자랑스러운 나의 '매일농장'에 갔다. 차로는 5분 거리지만 특별한 도구가 필요 없을 때는 주로 걸어서 간다. 밤새도록 비가 와서 더 이상 물을 줄 필요가 없어도 습관처럼 가는 것이다. 텃밭을 시작하고 나서부터 내가 항상 먼저 가보자고 하니까 아내의 반응이 달라 졌다. 작심삼일일 줄 알았는데 의외라는 뜻이다. 회의적인 시선 이 온화하게 바뀌고 기특해하는 눈치다. 내 발걸음이 잦아지자 작물들이 자라는 만큼 잡초들도 잘 자랐다. 아내가 상추니 쑥갓 을 솎아내는 동안 나는 그새 다시 나온 풀을 뽑는다. 풀을 뽑는 일이 보기엔 대단치 않은 것 같은데 쪼그려 앉다 보니 오금이 저 리고 쥐가 나고, 앉았다 일어서면 머리가 핑 돌았다. 생각보다 쉽지 않았다. 그러면서도 손바닥 크기의 땅에서 무슨 엄살이냐 고 또 핀잔을 들을까 봐 내색을 하지 않았다.

농부들이 농사를 지으면서 자식 키우듯이 한다는 말을 텃밭을 가꾸면서 실감하고 있다. 내가 자주 가는 것만큼 무럭무럭 자라 고 있다. 이렇게 매일같이 풀을 뽑고 물을 주고 비바람에 쓰러지 지 말라고 가지, 호박, 오이, 토마토에는 지주까지 세우면서도 기 력이 없고 쇠잔한 엄마는 못 본 척하고 있다. 나를 낳고 기를 때 의 엄마 정성을 여기 텃밭에 쏟는 내 하찮은 정성과 어디 감히 비기랴. 이런 생각을 하면 가슴이 먹먹하다. 엄마는 내가 잘 자 라도록 거름을 주었고 잡초를 뿌리까지 뽑았으며 목이 마를까 봐 수시로 물을 주었고 행여나 비바람에 넘어지지 않도록 지주를 세우셨다. 그런 엄만데 내가 무심했다.

두어 달에 한 번씩 고향에 간다 해도 아들인 나를 못 알아보시는 것이 애처롭고 가슴 아프다. 돈마저도 심드렁해지신 어느 때부터 가끔 옷을 사드렸다. 그중 최근 이태 정도는 여자 속옷을 사면서 꼭 '우리 엄마 것'이라고 점원에게 말했는데 그것은 남자가 여자 속옷을 사려다 보니 쑥스럽기도 했지만 이 나이에 엄마 속옷을 사는 것이 자랑스럽기도 해서였다. 큰 효도나 하는 양 꽃무늬 속옷을 사면서 즐거워했는데 그 즐거움이 오래 가지 못했다.

"이젠 그런 거 살 필요 없어요."

엄마가 기저귀를 차신다는 동생의 말에 가슴이 먹먹해지고 미어졌다. 어버이날에는 어버이 노릇하고 어린이날에는 엄마의 어린이가 되어야 하는데 그러지 못한다.

농작물 틈에 끼여서 쉴 새 없이 나고 자라는 풀을 뽑는다. 그들이 나에게는 성가시고 불필요할 뿐이지만 자연의 질서 속에서 나름의 의미가 있는 존재인데 내 손에 허연 뿌리를 내보이며 고랑에 나뒹굴 때 미안하다. 내가 뽑아버리는 잡초에게 미안해하면서 인생을 돌아본다. 이렇게 텃밭에 있으면 많은 생각을 하고, 아무 생각도 안 한다. 텃밭에서 매일처럼 지내다 보니 벌써 상추와 쑥갓은 먹음직스러워졌고 다른 작물들도 저마다 하얗고 노란 꽃들이 피었다. 거기서 기쁨을 느낀다.

비는 그치고 검푸른 산과 푸른 하늘이 맞닿은 곳에 흰 구름이 뭉게뭉게 피어나고 있다. 텃밭에서 돌아오며 지나온 날들을 돌아보니 어제 같고 꿈만 같다. 간밤의 비바람에 영산홍 붉은 꽃이 즐비하게 땅에 떨어졌다. 한쪽으로 몰린 꽃잎을 줍고 쓸어 담으면서 조지훈의 시 한 구절을 읊조렸다.

"꽃이 지기로서니 바람을 탓하랴."

세월 탓이다. 꽃이 피면 지게 마련이다. 때론 허망하고 쓸쓸할지라도, 텃밭을 일구면서 삶의 생동감을 느낄 때가 많아졌다. 올 한 해 잘한 일을 꼽으라면 단연코 텃밭을 가꾸고 즐긴 것이 될 것 같다. 가지에 가지색 자주 꽃이 피는 것을 신기한 듯이 눈여겨보았다. 전에는 눈여겨보지 않던 것들을.

27
시
간

"다음 주 다른 약속이 있으세요?"

아내가 며느리와 통화하는 걸 엿들은 나는 무조건 된다고 하라고 눈짓했다. 이틀간만 손자를 돌봐달라는 것이다. 그 기간에 어느 모임에서 가을 단풍놀이를 가기로 했는데 공짜로 가서 먹고, 올 때는 조그마한 선물까지 들고 오는 일정이 그렇게 무너졌다. 손자를 봐주는 아줌마가 그날은 불가피한 일이 생겼나 보다. 손자나 손녀를 전적으로 돌봐주는 할아버지 할머니도 많은데 가끔 오는 그런 요청이야 어찌 마다할 수 있으랴. 이럴 때 며느리는 우리한테 먼저 연락하고 우리가 안 될 때는 지방에 사는 친정어머니가 상경해서 돌봐준다. 뉴델리에 남편을 두고 있는 맞벌이 며느리의 애환이다.

친손자나 외손자가 태어났을 때 우리에게도 전적으로 애를 봐줄 수 있겠느냐는 물음이 없었던 건 아니지만 한마디로 거절했다. 손자손녀들을 보면서 폭삭 늙거나, 서로 간에 갈등을 겪는 사람을 많이 보았기 때문이기도 하지만 늙어가며 거꾸로 시집살이하는 것도 싫었기 때문이다. 노루꽁지처럼 짧은 날을 애들 보는 데 얽매이고 싶지 않아서이기도 했고, 아내 체력이 그 일을 감당할 만큼 되지 않는 것도 이유였다. 손자가 생기면서 딸은 다니던 회사를 그만두었다. 사내 애 둘을 키우느라고 얼굴이 햏쑥한 딸이나 사내 애 하나를 키우며 맞벌이하는 며느리나 딱하기는 매일반이지만 어쩔 수 없었다. 그걸 옆에서 보고 있는 게 안쓰럽고 마음이 불편할 때가 많지만 우리에겐 건강이 재산이요, 우리가 건강한 것이 그들에게도 좋다는 생각이다. 어쨌든 세상이 달라지긴 많이 달라졌다.

손자를 봐주기로 한 그날이 임박해지면서 '우리가 목동까지 먼 길을 손자를 돌보러 왔다 갔다 하느니 아예 우리 집에 데리고 오는 게 어떨까' 하는 생각을 하게 되었고, 아직 세 살짜리 어린 애라 낯선 곳에서 자면 밤에 울고불고 난리일지 모르니 사촌이고 한 살 위인 다른 손자도 데려와서 같이 놀게 하자는 데까지 발전했다. 내가 손자들 이름을 지으면서 항렬을 따르지 않고 외손자든 친손자든 '진' 자 돌림으로 했다. 외손자는 교진이, 의진이, 친손자는 도진이로 지었다. 아이를 적게 낳는 이 시대에 사촌 형제간에 서로 성은 달라도 이름만으로도 친근감을 갖게 하고 사이좋게 지내라는 뜻이다. 하여튼 밤에 절대 울지 않기로 몇 번씩 미리 다짐하고 세 살, 네 살인 도진이와 교진이가 우리 집에 오게 되었다. 동생 의진이를 낳고 나서 시샘이 많아진 교진이로부터 딸애도 하루쯤은 해방되었다.

양쪽에서 유모차 두 대, 장난감 한 무더기, 이틀간 둘이 입을 옷가지를 한가득 싣고 오면서부터 진이 빠지기 시작했다. 둘이서 찧고 까불고 떠들고 싸우느라 한 시간 넘게 오는 차 안에서부터 난리더니 집에 와서 내려놓자마자 집안을 순식간에 난장판으로 만들어버렸다.

심심찮게 자주 만나곤 해서 평소에도 둘이 서로 찾기를 자주 하는데 오자마자 껴안고 난리다. 온전히 하루를 엄마를 떠나서 자고 간다 하니 둘 다 신이 날대로 났다. 잘했다는 생각이 드는 한편 이 녀석들이 엄마 없이 잘 자려나 걱정이 되었다. 애들에게 몇 번씩 다짐했다지만 그게 무슨 소용이 있으랴.

일손을 놓고 난 최근 몇 년 사이에 나를 필요로 하는 사람이 생기다니, 내가 이렇게 인기 있는 사람이 되다니 피곤하면서도 즐겁고 기뻤다. 손자가 셋이나 되어도 내가 할아버지다운 할아버지가 아니라는 걸 인정해야 할 정도로 애들 보는 데 서투르다. 아이들 비위를 맞춰가며 놀아주어야 하는데 그걸 잘 못한다. 기껏 할머니를 옆에서 보조하는 역할이 전부였고 그것도 귀찮으면 슬그머니 뒤로 빠지는데 이번에 전문 학습 기회가 생긴 것이다.

"할아버지, 이거 해주세요, 저거 해주세요." 난리다. 거기다가 한 녀석을 안아주면 다른 녀석이 샘이 나서 냉큼 달려드는데 양 팔이 묵직해서 몇 분 안기 힘들다. 그러면서도 함빡 웃었다. 나를 이렇게 좋아하는 사람이 생기다니 얼마 만인가. 내가 이럴 정도니 할머니야 오죽하겠는가. 먹을 거 챙기랴, 수시로 옷을 갈아 입히랴, 장난치는 걸 받아주랴, 애들 뒤를 따라다니며 엉망진창이 된 집안을 치우랴 옆에서 봐도 몸이 두 개라도 모자랄 지경이다. 녀석들과 놀다가 피곤해서 내가 슬그머니 방에 들어와 잠을 자려고 해도 애들 등쌀에 침대에 누운 시간이 그리 오래 가지 못한다. 값비싼 장난감도 살아 있는 장난감만은 못한지 할아버지, 할머니가 저희들 장난감이다. 할머니 장난감이 할아버지 장난감보다 훨씬 요긴한 걸 나도 인정한다. 또 그 애들이 우리에겐 살아 있는 장난감이다. 귀엽다.

그런데 도진이는 우릴 보고 할아버지, 할머니 하는데 교진이는 꼭 외할아버지, 외할머니라고 부른다. 굳이 '외'자를 붙이지 않아도 되련만 꼭 그렇게 한다. 틀린 말도 아니고 서운할 이유도 없는데 때론 서운하다. 너희들 이름이 뭐냐고 물으면 외손자는 임교진, 친손자는 백도진이라고 분명히 말하는데 그게 맞고 귀여우면서도 괜히 섭섭하다. 우리 앞에서는 장난이라도 백교진이라고 해도 좋은데.

아무래도 애들은 애들이다. 장난감 때문에 한바탕 싸우고 울
리고 울고 해서 혼을 내고 달래고 나면 그런 언짢은 내 마음이
가라앉기도 전에 막상 싸운 녀석들은 언제 그런 일이 있었느냐
는 듯이 금세 떠들고 논다. 둘이 싸우면 한 살 어린 도진이가 결
국엔 우는 것으로 매양 끝나지만 우는 게 5분도 가지 않는다. 그
럴 때마다 형인 교진이에게 양보하라고 야단을 치고 다짐도 받
지만 그 약효가 오래가지 않는다. 전보다는 커서 훨씬 나아졌다
지만 울고 울리는 걸 못마땅해하는 내 마음이 풀릴 사이도 없이
금방 또 붙어서 노는 게 신기하다. 그래서 애다. 아직은 어려서
치고받고 싸우지 않고도 울리고 운다. 그렇지만 화해의 말도 없
이 금방 또 같이 노는 걸 보면 어른보다 낫다.

어른들 사회에서 화해를 한답시고 사과로 시작하여 오히려
더 멀어지는 경우가 얼마나 많은가. 별것 아닌 것 가지고 서운해
하고 앙금이 남아 평생을 보지 않고 지내는 경우도 많이 봤다.
나도 예외는 아니니 애들을 보면서 어른인 나를 돌아보고 한심
해했다.

실컷 놀고 난 후 밤이 되어 한방에 이불을 펴놓고 잠을 청할
때다. 그때까지 잘 놀던 도진이가 운다. 잘 때가 되니까 엄마가
보고 싶은가 보다. '나도 그랬지, 나는 더 했지.' 그런 옛날이 생

각나면서 마음이 짠했다. 도닥거리는 할머니 손이 약손이라지만 엄마 냄새만 할까. 그렇게 도진이가 울 때 그래도 한 살이라도 더 먹었다고, 교진이가 "도진아, 울지 말고 할머니 옆에서 자. 내일 되면 엄마한테 갈 거야." 그렇게 말하는 것이 대견하고 기특했다. 몇 달 전에 교진이를 데려와 우리 집에 와서 잘 때는 미리 철석같이 약속했던 거와는 달리 울며 떼를 써서 결국은 밤늦게 제 집에 데려다 준 적이 있었는데 그새 많이 컸다. 울음을 그친 도진이가 잠을 못 자고 뒤척이는 교진이를 보고 거꾸로 달래는 것이 사뭇 우습다.

"할머니, 나 말고 형아를 안고 자" 하며 할머니 품을 양보하는 것이 기특했다. 그러다가 둘 다 어느새 잠들었다. 커서도 그렇게 서로 의지하고 살았으면 좋겠다. 전쟁터에서 부모를 잃고 둘만 남은 형제가 서로 의지하고 보듬는 장면 같아 흐뭇했다. 한 녀석은 내 곁에 와서 자라 해도 둘 다 할머니 곁을 떠나지 않았다. 평소에 잔정을 많이 준 할머니의 공이요 할아버지의 업보다.

다음 날, 내가 아침 운동을 하고 집에 들어오자 아직까지 자고 있으려니 했던 두 녀석이 벌써부터 일어나 야단법석이다. 두 녀석이 경쟁적으로 내게 아침 인사를 했다. 내가 아침 인사를 받다니 이게 얼마 만인가. 아니 내가 애들을 키우는 동안 그런 날이나 있었던가. 내가 출근할 때까지도 퍼져 자는 아들딸 때문에 남

모르게 얼마나 속이 상했던가. 아들딸이 못 해준 아침 인사를 손자들에게 받는 날이 오다니, 얼굴에 함박 웃음을 짓고 양팔로 두 녀석을 모두 덥석 안아줄 수밖에, 무겁지 않았다.

녀석들이 오기 전부터 짜놓은 일정대로 애들을 데리고 놀이동산에 간다고 아침부터 먹을 것과 옷 등 짐을 챙기느라고 부산을 떠는 할머니한테서 심심찮게 지청구를 들으면서도 다 함께 나들이 가는 아침은 즐거웠다. 제법 쌀쌀한 날씨고 평일인데도 놀이동산엔 사람이 많았다. 유모차 두 대에 하나씩 손자들을 태우고 할아버지 할머니가 사람 사이로 밀고 다니는 게 쉽지 않았다. 유모차를 처음으로 밀고 다닌 나는 더했다.

30~40분씩 줄서는 거야 그러려니 했고 손자들이 좋아하니 나도 즐거웠다. 아직은 애들이라서 그런지 사자, 코뿔소, 기린 같은 큰 동물보다는 앵무새나 작은 아기 원숭이에 더 관심이 많았다. 수륙양용차를 타고 급류에 흔들리면서도 좋아했고 할아버지가 물을 흠뻑 뒤집어쓰자 좋다고 깔깔거렸다. 애들이 자주 걷기는 했지만 유모차를 하루 종일 끌고 다니는 것이 내겐 보통 일이 아니었다. 식당에서 종업원이 애들이 귀엽다고 놀아주는 동안 나도 모르게 잠이 들 정도로 피곤했다. 애들이 좋아하는 뽀로로 상영관에서도 졸았다. 유모차를 끌고 다니며 손자들을 돌본 적이 없어서 할아버지가 피로를 느끼고 조는 반면 할머니는 같은 나이에도 그런 내색을 전혀 안 하고 졸지도 않았다. 날씨가 어두

힘들다는 내색 한 번 안 하고 짜증 한번 안 부린 할머니 입술이 부르텄다. 그런 할머니를 보면서
'처음부터 애들 안 봐준다 하기를 정말 잘했다' 생각했다. 겨우 27시간 만에 이런 말이 내 입에서
절로 나왔다.

컴컴해져서 이젠 돌아갔으면 싶은데도 또 다른 걸 보자고 조르
는 바람에 할 수 없이 매표소에 줄을 서서 표를 끊고 돌아오니
둘 다 유모차에서 자고 있었다. 녀석들도 피곤했다는 얘기다. 얼
씨구, 잘됐다고 환불하고 살그머니 차에 태우고 오면서도 걱정
이 되었다. 나중에 알고서 징징거릴 줄 알았더니 집에 도착해서
는 저희들끼리 놀기 바빴다. 이렇게 잘 놀던 애들이 헤어질 때
각자의 장난감을 챙기면서 또 싸웠다. 그렇게 하루 종일 사이좋
게 놀더니 막판에 울리고 울면서 하루가 끝났다. 그래서 애다.
심술궂고 미운 짓도 하고 그러면서 애들은 자란다.

할머니, 할아버지는 다음 날 늦게까지 잠을 잤다. 힘들다는 내
색 한 번 안 하고 짜증 한번 안 부린 할머니 입술이 부르텄다. 그
런 할머니를 보면서 '처음부터 애들 안 봐준다 하기를 정말 잘했
다' 생각했다. 겨우 27시간 만에 이런 말이 내 입에서 절로 나왔
다. 그 27시간 동안 나는 천사를 보았다. 내가 천사와 살고 있는
것이다. 천사라면 매양 날개 달린 젊은 천사만 있는 줄 알았는데
얼굴에 주름이 지고 입술이 부르튼 천사가 내 곁에서 자고 있었
다. 그 짧고도 긴 시간에 내 몸이 부서지도록 내 살을 파 먹이는
우렁이 사랑을 보았다.
녀석들을 안 보면 보고 싶고, 오면 반갑다가 가면 더 반가운
날들이 계속되고 있다.

"며칠 후 도진이 어린이집 소풍이 있는데요."

또 호출이다. 반갑고 즐거운 호출이다. 뉴델리에서 근무하는 남편 때문에 혼자서 애를 키우고 직장생활을 하는 며느리가 안쓰럽다. 도진이 소풍가는 데 따라갈 날이 다가오고 있다. 소풍날 내가 아버지 노릇을 대신하게 된다. 특별히 할 일이 없는 내겐, 시간을 보낼 수 있는 그 모든 것이 행복이다. 특히 손자를 보면서 시간을 보낼 때 더 큰 행복을 느낀다.

운수 좋은 날

　　　　　　나는 나들이를 할 때 주로 지하철을 탄다.
빠르고 정확하기 때문이다. 사람들과의 약속은 주로 강남이나
인사동에서 하는데 보통 지하철역에서 가까운 곳이다. 내가 사
는 곳에서 이런 약속 장소로 갈 때는 신분당선이나 기존 분당선
을 이용한다. 신분당선은 강남역까지 몇 정거장이 안 되고 빠른
반면 내가 타는 곳에서는 거의 빈자리가 없다. 반면에 분당선은
그보다 느리고 돌아가지만 사람들이 자주 내렸다 탔다 하기 때
문에 설사 처음에는 빈자리가 없다 하더라도 중간쯤에서는 앉아
갈 때가 많다. 내가 이렇게 길게 사설을 늘어놓는 이유는 어느
역쯤에서 내가 앉느냐는 데 하루 운세를 거는 재미를 붙였기 때
문이다. 별거에 다 재미를 붙인다고 웃을 수도 있지만 그것이 백
수가 느끼는 재미다.

약속 시간과 장소가 정해지면 먼저 스마트폰에서 지하철 앱을 본다. 대부분 신분당선을 이용하여 빨리 가는 노선을 안내하는데 그건 참고로 하고 그와 상관없이 분당선을 이용할 때가 많다. 신분당선이 요금이 비싸다는 것도 하나의 이유고 시간 여유가 있는 백수생활인 것도 하나의 이유지만 내 하루 운세를 가늠해보는 데는 분당선이 훨씬 재미가 있어서다. 미금역에서 출발하면 약속 장소인 양재나 교대역까지 약 스무 정거장을 거치는데 앉아서 가는 곳이 어디냐에 따라 그날의 기상도를 그려본다. 미금역에서 출발해서 두 번째 역인 수내역 이전에 앉으면 맑음, 다섯 번째인 야탑역 이전에서 앉으면 대체로 맑음, 거기서 한 정거장 더 가 노선이 둘로 갈라지는 모란역 이전에서 앉으면 대체로 흐림, 그 다음으로 갈라지는 복정역 이전에서 겨우 앉으면 아주 흐림, 복정역 이후에서는 앉아서 가거나 말거나 비가 오는 날로 하고 있다. 이렇게 날씨가 맑거나 대체로 맑으면 운수가 좋은 날이다.

그날의 기상도를 결정하는 것은 북태평양 고기압이 어디에서 밀려오고 어디에 머물고 있느냐가 아니라 지하철 안에서 내가 어디에 서 있느냐에 달려 있다. 타자마자 빈자리가 있거나 다음번 역에서 내리는 사람 앞에 서면 그날의 기상은 당연히 맑음이다. 이제나저제나 일어서주길 기다렸지만 내가 내리는 마지막까지 가는 사람 앞에 서 있으면 그날은 처음에는 대체로 맑다가 점차 흐려지고 가랑비가 오고 서서히 폭우로 변하는 것이다. 물론 그날의 몸 컨디션에 따라 같은 비라도 가랑비가 되기도 하고 태풍을 동반한 폭우가 되기도 한다. 이런 내 나름의 운수놀이를 공정히 하기 위해서 빈자리가 보여도 점잖게 주위를 돌아보고 앉는데 대체로 나보다 나이가 많이 들어 보이거나 아줌마들한테는 자리다툼을 하지 않고 양보하는 편이다.

자주 타다 보니 그것도 이력이 생겨 빈자리가 없을 경우에 쉽게 앉는 방법이 생겼다. 기왕이면 그날의 운수를 좋게 하기 위해서다. 우선 앉아 있는 사람들의 면모를 죽 둘러보고 내가 설 자리를 잡는다. 그동안의 경험으로 일단 눈을 감고 잠을 청하는 사람 곁에는 가지 않는다. 또 옆 사람하고 쉴 새 없이 재잘거리는 사람 앞은 가급적 피한다. 휴대폰을 보면서도 안내 전광판을 자주 쳐다보는 사람 앞은 명당이다. 이런 내 나름의 규칙을 준수하다 보니 대체로 운이 좋다. 서너 역만 지나면 앉을 때가 많다. 진짜 재수 없는 날만 비가 쏟아지는 운수 나쁜 날이다.

말은 이렇게 하지만 내가 그렇게 몰염치하지는 않기 때문에 일부러 눈을 두리번거리며 볼썽스럽게 여기저기 그런 자리를 찾아다니지는 않는다. 적당히 서 있다가 결정되는 것이 공정한 그날의 운수다. 요새 와서는 젊은 사람이라도 자리를 양보하는 경우가 드무니 아예 그런 걸 기대하지도 않는다. 서로 불편할 것이라는 나의 지레짐작 때문에 가급적이면 그들 앞에는 안 서는 것이 내 나름의 불문율이다.

이런 나의 판단이 꼭 맞지는 않고 예외적인 경우가 있는데 한 번은 이런 일이 있었다.

그날 따라 지하철 안에 그렇게 서 있는 사람이 많지 않았다. 내 앞에 앉은 사람의 움직임을 보니 머지않아 내릴 것 같았고 그런 내 추측은 맞았다. 그날 내 기상도는 최소 대체로 맑음이었다. 다음 역에 대한 안내 방송이 나오자 그 사람이 주섬주섬 일어섰고 이에 내가 회심의 미소를 감추지 못하고 여유를 부리고 있을 때였다. 내 앞의 자리가 비어 앉을 준비를 하고 있을 때까지만 해도 맑음이었다. 그런데 갑자기 내 오른쪽에 바짝 붙어 있던 덩치 큰 남자가 잽싸게 나를 가로막더니 자기 옆에 서 있는 중년의 여자에게 앉으라고 하는 것 아닌가. 그가 그렇게 인심을 썼다. 그 여자도 미안하다든지 못 이기는 척도 안 하고 철퍼덕 앉았다. 나는 졸지에 닭 쫓던 개가 되었다. 어이가 없어도 어디 하소연할 데가 없었다. 인심을 써도 내가 쓰는 게 맞는데 그럴 기회도 놓쳤다. 그렇게 열댓 정거장을 오는 동안에 앉아 있는 그 여자를 뚫어지듯이 쳐다보았다. 그 여자는 그래도 양심이 있는지 나를 가끔 헬끔헬끔 쳐다보았지만 그 남자는 아예 내 쪽을 쳐다보지도 않았다. 그리고 내가 내리는 곳에서 둘 다 같이 내렸

그날의 기상도를 결정하는 것은 북태평양 고기압이 어디에서 밀려오고 어디에 머물고 있느냐가 아니라 지하철 안에서 내가 어디에 서 있느냐에 달려 있다. _사진 ⓒ Martin Falbisoner@wikimedia commons

다. 혹시나 해서 그 자리에 끝까지 서 있던 내 속만 부글부글 끓고 말았다. 재수 없다며 빨리 자리를 옮겼더라면 다른 자리에 앉았을 것이고 웃어넘길 일이었는데 속 좁은 바보짓이었다. 앞서 걸어가는 그 두 사람의 엉덩이를 꼬나보았다. 아무 말도 없이 걸어가는 그 두 사람이 어떤 관계인지 따라가보고 싶었지만 그만두었다. 평소에 내 흰머리를 보고 경로석으로 오라든지 자리를 양보해줘도 고맙기보다는 미안했는데 이번에는 기분이 대단히 나빴다. 젊지도 늙지도 않은 사람들이 염치가 없었다. 하필 그날은 밖에서도 소나기가 내리고 있었다. 이래저래 그냥 운수 나쁜 날이라고 생각하니 마음이 편해지긴 했다. 그들이 나보다 그 지하철에 먼저 타고 온 입장에서 줄을 한 칸 잘못 서서 방금 탄 내가 털썩 앉는 횡재를 하고 그들이 끝까지 계속 서서 갔더라면 그들 기분이 좋았을까. 그 사람들이 운수가 나쁜 날이라고 투덜거렸을 거라는 생각이 들면서 마음이 편해졌다. 지하철에서 내려 우산을 안 가지고 와 난감할 때 운 좋게도 소나기가 그쳤다. 내가 마음을 곱게 쓰니까 날씨도 좋아졌다고 생각하니 기분이 좋아졌다. 운수 좋은 날이다.

사실 이런 경우는 더러 있다. 얼큰히 술이 취해 몸이 천근만근일 때 곧 내릴 것 같은 모션만 취하다가 나보다 멀리 가는 사람 앞에 서는 경우, 피곤하고 김이 새고 억울하다. 그럴 줄 알았으면 다른 곳으로 옮겨서 서 있기라도 했으면 벌써 앉았을 텐데 처음 오는 길인지 몇 번씩 일어섰다 앉았다 하면서 전광판을 보는 바람에 이제나저제나 미련을 버리지 못하다가 끝까지 앉지 못해서 날씨가 맑았다가 흐렸다가 개었다가 비가 쏟아졌다. 그런 경우를 당해 술 취한 몸으로 늦은 밤에 40~50분을 서서 오는 날은 괴롭다. 운수 나쁜 날이다.

물론 이런 경우는 특별하고 대부분 서너 정거장이면 자리가 비고 간혹은 양보하는 젊은이도 있어 고맙다. 다음 역에서 바로 내리더라도 그 젊은이의 뒷모습이 예쁘게 보이는 건 어쩔 수 없는 사람의 심리다.

그저께는 아침부터 운수 좋은 날이었다. 몇 정거장을 안 가서 자리가 비어 날씨가 맑았다. 친구들과 모여 헛소리를 하고 막걸리로 얼큰해졌으니 기분이 좋았다. 그런데 약속을 끝내고 지하철역사 안으로 내려가서다. 그때 갑자기 안경이 없다는 생각이 들었다. 음식점 식탁 위에 안경을 벗어놓고 온 것 같았다. 다초점 렌즈 안경을 쓰지 않고 가벼운 뿔테 근시 안경을 쓰면서부터 안경을 벗었다 썼다 하는 경우가 많아졌다. 가까운 거리는 안경을 쓰는 게 도리어 불편해서 식사시간에는 거의 곁에다 벗어놓고 있어서다. 당황해서 양쪽 호주머니를 뒤져봐도 없었고 셔츠 왼쪽 윗주머니에도 없었다. 가지고 다니는 가방 속에도 없는 걸 보니 식당에 두고 온 게 틀림없었다. 땀이 비 오듯 쏟아지는 찌는 더운 날씨를 무릅쓰고 되돌아가야 했다. 요새 와서 집에서도 안경을 아무렇게나 두고서 못 찾는 경우가 많은데 이런 일이 벌어지다니 황당했다. 그래도 지금이라도 생각났기 망정이란 생각으로 반쯤 되돌아 걸어갔을 때 흐르는 얼굴의 땀을 훔치는 내 손에 걸리는 것이 있었다. 안경이 내 코에 걸려 있었다. 참으로 소스라치게 놀랐고 참담했다. 찾아서 기분이 좋았다기보다 아찔하고 소름이 끼쳤다. 미리 알게 되어 그나마 다행이지 식당 주인에게 식탁에 두고 온 안경을 찾으러 왔다고 했다면 내 코에 걸린 싸구려 뿔테 안경을 보면서 얼마나 웃었겠는가. 한 친구가 핸드폰을 손에 쥐고 핸드폰을 찾으러 다닌 적이 있다더니 비슷한 일이 나한테 벌어졌다. 이것이 무슨 징조인가. 이런 별별 생각으로 우울해하면서 다시 지하철을 타러 갔다. 다행히 처음부터 빈자리가 있어 기분이 다시 좋아졌다. 이럴 때는 운수가 좋은 날이라 해야 될지 아니라 해야 될지 헷갈렸다.

사실 하루에 한두 시간씩은 꼬박 운동을 하는데 지하철에서 서서 가는 게 그리 대단한 일은 아니다. 길에서 걷는 것과는 달리 한 군데서 서서 가는 것이 더 피곤하지만 지하철에서 서서 가는 걸 운동이라 생각하고 느긋하게 서서 가면 될 텐데 빈자리에 눈이 먼저 가니 사람의 본능은 어쩔 수 없다. 차 문이 열리자마자 빈자리를 찾아 아줌마들이 두리번거리고 우르르 뛰어드는 모습에 눈살을 찌푸렸는데 나도 어느새 그렇게 변해가고 있는 것 아닌가 싶어 그럴 때마다 기분이 언짢을 때가 있다.

이번에 안경을 끼고도 안경을 찾는 어처구니없는 짓을 겪고 나서 하루의 운수를 가늠하는 기준을 없앴다. 그날의 운수를 본다며 쓸데없는 짓을 하지 말고 지하철 안에서 필요한 것을 외우거나 보면서 머리를 쓰며 다니기로 했다. 앉으면 몸이 편해서 좋고, 서서 오면 건강에 도움이 된다고 생각하기로 했다. 비가 오면 우산 장수가 좋고 날이 개면 짚신 장수가 좋다고 생각하기로 했다. 이러니 매일이 운수 좋은 날이다. 일체유심조一切唯心造.

둔한

　　나는 부끄러울 정도로 예체능에 약하다. 음악, 미술은 물론이고 운동신경이 둔해서 평생토록 망신스러운 일이 자주 벌어졌다. 운동을 못 하는 것은 유전적인 이유가 큰데 별로 크지 않은 키에 뼈대가 굵고 뚱뚱한 전형적인 통뼈 스타일이다. 어릴 때부터 좋게 말해서 통통하고 좀 더 노골적으로 말해서 뚱뚱하다는 말을 달고 살았다. 이런 한심한 체구로 인해 평생토록 고민이 많았고 지금도 그런 고민에서 완전히 헤어나지는 못하고 있다.

　　이런 고민의 시작은 초등학교 2학년 소풍 때까지 거슬러 올라간다. 내가 우리 분단의 대표 씨름선수로 뽑혔다. 다른 애들에 비해 힘을 좀 쓸 것 같다는 이유였을 것이다. 형들도 나와 비슷한 체형이라 운동에는 소질이 없는데 우리 집안에서는 보기 드물게 내가 운동선수로 뽑힌 것이다. 엄마가 이를 얼마나 대견스럽게 생각하셨는지 그 자랑스러운 현장인 낙동강 백사장까지 기대에 차서 따라오셨다. 나도 뭔가를 보여주고 싶었다. 불행히도, 그런 내가 첫판에 붙게 된 녀석은 우리 반에서 제일 날쌔고 덩치가 큰 녀석이었다. 샅바를 매면서 기가 죽었고 잡자마자 제대로 용도 한번 못 써보고 뒤로 벌렁 나자빠졌다. 하늘이 노랬다. 흰 모래사장에 넘어졌을 때 엄마 얼굴이 하늘에 둥둥 떠다녔다. 만만한 친구도 있었고 한 판은 이겼어야 했는데 하여튼 재수가 없었다. 리그전이었다면 적어도 한 판은 이겼을 자신이 있었는데 토너먼트라 더 이상 기회가 없었다. 그 후 엄마는 한동안 틈만 나면 이 망신스러운 일을 입에 달고 사셨다. 내 체구가 엄마를 닮았으니 엄마가 그런 말씀을 하실 건 아닌데도 하여튼 그랬다. 운동을 싫어하는 최초의 계기가 되었다. 하늘도 무심하게 체육 시간이 있는 날은 비가 안 왔다. 체육시간이면 나무 그늘 아래에서 쉬고 있는 소아마비 친구를 나는 부러워했다. 선천적으로 몸을 움직이는 걸 싫어한 나는 이 시간만은 다리를 절어 나무 그늘에서 책이나 읽고 싶었다.

　내가 중학교 다닐 때쯤은 태권도나 합기도, 검도 같은 투기가 유행했는데 나도 관심을 가졌다. 그때 배운 게 검도다. 검도가 다른 것보다 멋져 보였고 덜 날쌔도 될 것 같았다. 친구들 모르게 살짝 배워서 나중에 폼을 잡겠다는 그 위대한 결심은 석 달이 못 가서 무너졌다. 시작은 근사했는데 생각만큼 몸이 따라주지 않았다. 같이 배우기 시작한 친구들이 저만큼 진도가 나갈 때 나는 기본자세조차 못 따라가 사범한테 혼이 났다. 석 달간 돈 쓰고 혼나고 망신당하다가 슬그머니 그만두었다. 그때 내가 운동 신경이 둔한 걸 또다시 절감했다. 이런 나의 좌절감을 위로해준 것이 그 무렵 눈을 뜨게 된 무협소설이다. 밤을 새어 읽었고 학교 수업 시간에도 몰래 읽었다. 한 번 내지른 장풍에 커다란 소나무가 우지끈 부러졌고 경공술로 수백 리를 달렸으며 수십 길 절벽을 뛰어올랐다. 그러나 이런 무협소설에서 습득한 무공도 밝은 태양 앞에만 서면 전혀 쓸모없었다. 현실 앞에서 주눅이 들었다. 이런 나에게 평생의 수모를 안겨준 것이 군대다. 신병교육 훈련을 받으면서부터 고난의 세월이 시작되었다. 총검술이니 태권도 교육을 받는 중간에 불려나가 시범을 보였다.

"이렇게 하면 안 된다는 말이다." 역모델이었다. 수모를 당하고 제자리로 돌아오는 것이 일상화되었다. 비상 출동할 때는 군장 꾸리는 동작이 느리다고 당연히 깨졌다. 전방부대인 우리는 사격 점수로 휴가 시기를 결정했는데 나는 동기생들이 먼저 휴가를 가도 초연했다. 군대 생활 내내 요령이 없다는 말을 듣고 살았다. 이른바 고문관 짓을 하다 보니 상급 부대의 검열이 나올 때마다 말뚝 보초를 섰다. 대여섯 시간을 참호에서 총을 들고 서 있으면 다리가 퉁퉁 부었다. 그래도 교육받는 것보다는 그게 좋았고 훈련받는 것보다는 땅을 파고 돌을 나르는 사역이 좋았다. 이런 내 신체적 조건을 한탄했고 괴로워했다. 사회생활을 하면서도 별반 다를 건 없었다. 건강상 테니스를 시작했지만 이 또한 오래 가지 못했다. 코트 사방을 이리 뛰고 저리 뛰었지만 땀만 뻘뻘 흘릴 뿐 공이 제대로 맞지를 않았다. 몇 달 못 가서 그만두었다. 살면서 이런 과정을 한두 번 거친 것이 아니다. 탁구공이나 테니스공은 너무 작았고 농구공은 너무 컸다. 공을 갖고 하는 운동은 종목을 가리지 않고 망신을 당했다. 무슨 운동이든 레슨을 받아도 그때뿐 크게 나아지지 않았다. 무슨 말인가는 알아듣겠는데 몸이 그대로 안 움직이니 딱한 일이었다. 이럴 때마다 답답하고 짜증이 나고 비참해지고 우울해질 때가 많았다. 이에 비해 똑같이 몸을 움직이는 거지만 산을 타는 건 다르다. 특별한 기술이나 기교가 필요 없어서 그런 것 같다. 30대 초반부터 시작한 것이 걷기요 산행이다. 요새처럼 걷기 열풍이 불 때도 아닌 시절부터 걷기를 생활화했고 특별한 일이 없으면 산에 다녔다. 그럭저럭 30년 가깝게 그렇게 하니 거북이처럼 뚜벅뚜벅 잘 걷는다고, 그런 날 보고 일종의 불가사의라고 놀리는 사람들이 생겼다. 운동신경은 없어도 지구력은 있는 셈이다.

이런 나에게 최근에 또 다른 고민이 생겼다. 수영을 시작하고부터 생긴 일이다. 나이 들어서도 할 수 있는 운동이고 물속에서 걷기만 해도 도움이 된다는 말에 솔깃해서 시작을 했다. 처음엔 물속에서 발차기를 하고 두 다리를 쭉 펴고 물에 뜨는 것부터 힘들었다. 그러고 나서 물속에서 '음' 하며 끝까지 숨을 내쉬다가 고개를 밖으로 내밀어 '파' 하고 숨을 쉬는 게 힘들었다. 숨을 내쉬다가 물에 가라앉기 일쑤였다. 머리를 숙이면 뜬다는데 그게 힘들었다. 강사의 말을 열심히 듣고 따라하는데도 나는 잘 안 되었다. 내 딴에는 죽을힘을 다해 열심히 따라하는데도 제대로 안 되었다. 얼마 지나서 다른 동기생들이 자유형을 끝내고 배영, 평영, 접영까지도 능수능란하게 하고 있을 때 나는 자유형도 마스터하지 못하고 허우적거렸다. 강습생 중에 내가 제일 나이가 많아서 그나마 핑곗거리가 되어 다행이지만 나이 어린 강사한테 반말 비슷하게 혼이 나면 기분도 상하고 억울했다. 귀가 먹은 것도 아니고 시키는 대로 하는데 몸이 안 따라갈 뿐이라고 해야 소용이 없는 일이었다.

신체적 우둔함에 비해 하루도 빠지지 않고 새벽에 다니는 내 노력을 알아주지 않는다고 하소연할 수도 없는 게 이 지진아의 설움이다. 여하튼 내 정성과 달리 너무 진척이 느리다. 내가 생각해도 한심하고 참으로 둔하고 둔하다. 누구하고 경쟁하는 것은 아니지만 기분이 좋을 리 없다.

세월이 약이라고 처음보다는 나아졌다지만 별로 진전이 없는 상태에서 마음가짐을 바꾸었다. 내가 못남으로써 남들을 즐겁게 해주자고 마음을 바꿔먹었다. 한심해하고 답답해하고 측은해하고 비웃으며 경멸하는 사람들에게 말없이 보시를 하기로 했다. 한결 마음이 가뿐했다. 무감각해졌다. 처음에 열다섯 명이 같이 시작하여 현재 네 명만 남았다. 지금까지 하고 있는 동기생 중에서는 내가 꼴찌지만 아직까지 포기하지 않고 있으니 중간 이상은 가는 셈이다. 그것으로 위로했다. 나보다 늦게 배우기 시작한 사람들에게도 두 번이나 추월당했다. 얼마쯤 지나면 곧 노는 물이 달라졌다. 부끄럽지만 사실이다.

최근에 나와 실력이 비슷한 사람을 만나 서로 위로하며 쓰디쓴 심정을 달랬다. 문득 한하운의 시 한 구절이 생각나 속으로 웃었다. "낯선 친구 만나면 우리들 문둥이끼리 반갑다." 그가 수영하는 꼴을 보고 나도 비웃었다.

여든여섯 살 된 노인이 물 찬 제비처럼 수영을 잘한다. 매일 새벽 어김없이 정확한 시간에 제일 먼저 나오고 30분 정도 수영을 한다. 뒷모습만 보면 청년같다. 나의 롤 모델이다. 내 실력은 아직도 걸음마 단계지만 누가 뭐래도 처음보다는 훨씬 낫다. 훈수꾼도 늘었고 격려해주는 사람도 많아졌다. 날 보고 팔목상대란다.

내가 자주 만나는 사람들에게 아직도 늦지 않았으니 수영을 하라고 권해서 전도 효과를 본 건 단 한 케이스였다. 그것도 그나마 몇 개월이 지나서 중도에 포기했다. 슬프게도 다들 내 말에 감동을 받지 않는다. 수영이 좋기는 좋다는데 하는 유보적 반응을 보이는 건 그나마 감사한 일이고 과연 내가 얼마나 오래 하나 보자고 비웃거나 냉소적인 반응이다. 대부분 내 신체적 특성을 아는 사람들이라 그것이 슬프지만 1년 개근상으로 할 말을 다했다.

그러다가 어느 날 도대체 이렇게 운동 재주가 없는 지진아를 무어라고 하나 궁금해져서 사전을 찾아보았다. 딱 맞는 표현이 있었다. 둔한鈍漢이다. 무뢰한, 치한과 같은 반열이다. 오랜 경험을 통해 내가 더할 것도 뺄 것도 없는 둔한임을 알았다. 둔한은 대체로 꾸준하다.

나는 수영을 즐기며 오래 할 생각이다. 말로는 대단하다고 칭찬하면서도 나를 비웃고 있는 친구들에게 속으로 말하고 있다. '이놈들, 30년 후에 보자. 그때까지 살아 있기나 해라.'

비가 와서 기분이 꿀꿀한 날은 술 생각이
난다. 젊을 때나 나이 들어서나 이런 기분은 변함이 없다. 엄마
가 저녁밥을 다 해놓을 때쯤 핫바지 방귀 새듯이 슬그머니 나가
서 얼큰해져 들어오시던 아버지 생각이 난다. 엄마 부화를 맘껏
질러놓으신 아버지는 밥상을 받으시며 누구하고 술을 마셨고 무
슨 이야기를 했으며 술값 계산을 내가 하지는 않았다는 것으로
미안함을 달래셨다. 그때는 전화도 없었는데 어떻게 그렇게 쉽
게 접선했을까. 하나밖에 없는 정육점이나 교문 앞 구멍가게가
술꾼들이 모이는 곳이었다. 대충 만나는 부류는 정해져 있어서
술집 주인 아들 녀석이 파발마로 쏘다녔을 것이다. 오늘도 비가
와서 술이나 한잔 할까 하고 가까이 사는 두어 친구들에게 전화
했는데 성사되지 못했다. 방금 밥을 먹었다며 생각이 없다거나

치아 치료를 해서 술을 먹을 입장이 못 된다고 변명했다. 회사 다닐 때는 '비막파'라 해서 비가 오는 날은 막걸리와 파전이 어울린다는 핑계로 몰려다녔는데 다 옛날이야기가 되고 말았다. 이럴 때는 대도시에 사는 게 불편하다. 이렇게 많은 사람들 중에서 미리 약속을 하지 않으면 어느 누구와도 술 한잔 하기가 그리 쉽지 않다. 같은 서울이라지만 대부분 사는 곳이 멀리 떨어져 있어 흔히 말하는 '번개팅'이 말처럼 쉽지 않다.

그럴 때 아내와 자주 가는 집이 선지 해장국집이다. 나 혼자서 보통 소주 한 병을 먹고 오는데 아내와 같이 가면 술을 따라주는 사람이 있는 데다가 집에 올 때 차를 몰 걱정이 없어서 좋다. 우리 고향엔 술은 여자가 따라야 된다고 "생질의 외할머니가 따라도 여자가 술을 따르는 게 좋다"는 우스개가 있는데 생질의 할머니보다는 훨씬 젊은 아내가 술을 따르니 대만족이다. 생질의 외할머니가 누군가, 엄마다.

이 집은 목이 탁 트이는 얼큰한 해장국이 일품이다. 술안주 감인 수육이나 전골이 없어서 나는 섭섭하고 아내는 그래서 더 좋아한다. 8,000원짜리 해장국이 주된 메뉴라 경제적 부담도 없고 술을 적게 먹어서 속이 편하다. 그래서 그런지 홀이 붐빌 정도는 아니지만 갈 때마다 두세 군데 빈 탁자가 있을 뿐 항상 손님이 있다. 연중 거의 쉬지 않고 영업을 하고 있다. 싸고 맛있고 지극히 서민적이라 크게 별 볼 일 없는 사람들이 주된 고객이다. 행색으로 보아 예전에는 행세깨나 한 것 같은 사람들도 각자 해장국 한 그릇에 소주병만 서너 병씩 쌓인 탁자가 많다. 나같이 부부간에 오는 사람은 밥을 먹고 술을 먹어도 언성을 높이지 않고 조용하지만 이런 경우는 거의 보지 못했고 대부분 술이 몇 잔 들어가면 말이 많아지고 언성이 높아진다. 그걸 보고 듣는 것도 세상 사는 재미라 눈살을 찌푸리기보다 그쪽 이야기에 자연스럽게 귀를 기울이고 이야기 주제에 따라 우리끼리 소곤소곤 훈수를 한다.

"그 친구가 그러면 안 되지, 지는 노상 얻어먹고 술 한 잔 사는 경우는 한 번도 없다니까." 술이 얼큰해지면서 거의 틀림없이 나오기 시작하는 대화다. 술이 들어가면서 그 자리에 없는 다른 친구를 안주로 삼아 도마질을 하는데 이런 경우는 그 자리에 둘이 있을 때가 많다. 대부분 몸을 가누기 힘들 정도로 술을 마시고 나서 서로 계산한다고 몸싸움을 한다. 해장국 두 그릇 1만 6,000원에 소주 네 병이면 1만 2,000원, 합쳐서 2만 8,000원을 술값으로 낸 친구는 목에 힘을 팍 주고 공짜 술과 해장국 한 그릇으로 배를 채운 다른 친구는 민망해하면서도 얼굴에 화색이 돈다. 공짜 술은 언제나 좋은 거니까. 이 근처 지하철 역사 신축 공사장에서 일을 마치고 한잔 하러 온 사람들이다. 싸고 맛있는 해장국집이 주는 재미있고 아름다운 풍경이다. 나도 말로만 밥을 사는 그런 친구가 있다. 그 친구는 언젠가부터 우리들의 술자리에서 빠졌다. 내가 웃자 아내도 염화시중의 미소로 웃었다.

우리 뒤쪽에 앉아 도란거리는 말소리는 중늙은이 부부다. 아마 내 또래는 됨직한데 말소리로 보아 제법 배운 사람이다. 돈을 못 번 지가 꽤 되었는지 넉넉하지는 않은 것 같다. "그래, 걔들이 처음으로 집을 마련했는데 몇 푼이라도 보태줘야 되지 않을까요?" 조심스럽게 묻는 부인의 말이다. "보태주면 좋은 줄이야 알지만, 우리 살기도 빠듯하니……." 이렇게 발을 빼는 남편이 소주 한 잔을 몇 번에 걸쳐서 마시는 걸 보았다. 결국 1,000만원을 보태주기로 낙찰보는 것 같았다. 나도 곧 딸네가 새 아파트를 분양받아 입주하는데 걱정이다. 아내도 뭔가를 골똘히 생각하고 있었다.

두 남자가 소주 두 병을 놓고 한 사람만 마시고 있다. 술을 마시는 친구는 조용히 듣고 있고 해장국이 식도록 하소연하는 사람의 말은 길어진다.

"뇌졸중으로 한번 쓰러지고 나서 반신불수가 되었지. 절룩거리면서 걸을 수는 있게 되었지만 남 보기 부끄럽다고 나다니기를 싫어한 것이 생사의 갈림길에 서게 만든 거야. 먹기만 하고 움직이지를 않더니 다시 쓰러져 몇 개월을 버티지 못하고 저 세상으로 갔지." 그렇게 말을 꺼내고 이어가는 그 친구의 생이 기구하다. 그는 먹고살 만하니 당뇨로 시력이 약해지고 신장 이식

수술까지 받았다. 남편이 그렇게 되자 생계를 돕기 위해서 그의 부인이 취업 전선에 나간 것까지는 좋았으나 불행히도 과로로 쓰러져 반신불수가 되었다. 재활치료 끝에 뒤뚱뒤뚱 걸었지만 말도 정상적으로 하게 되었을 때 좀 더 조심했어야 했다. 춥다고 집에서 먹기만 하고 움직이지 않더니 몇 달 새 십 몇 킬로그램이 불은 게 결정적 원인이 되어 또 다시 쓰러지고 뇌수술까지 했으나 회복하지 못했다는 것이다. 그게 그의 아내의 운명이었다.

"반신불수일 때도 좋았고 말 한마디 못하고 누워 있을 때도 좋았다." 그 말을 몇 번씩 했다. 그런 말을 들으면서 오늘 내 옆에 있는 사람의 소중함을 생각했다. 아내도 비슷한 생각이 드는가 보다. 우린 사랑하는 사람이 우리와 영원히 같이 있을 거라는 착각에 빠져 산다.

요샌 세상이 변해 50대 전후의 여자들끼리 술판을 벌이는 경우도 심심찮다. 나이 든 여자들끼리 주변 사람들 눈치 보지 않고 활개를 치며 술을 먹는 거야 자주 보는 풍경이다. 그냥 그러려니 듣고 지나는데 이야기의 대부분이 자식이나 손자들로 인한 애환이고 에피소드일 때까지는 그래도 옆에서 듣기에 좋았다. 그러다가 술이 좀 더 들어가면 남편 있는 여자들은 남편 흉을 보기 시작하고 혼자 사는 여자는 돈도 없는 놈이 재혼하려고 덤빈다며 누구를 빈정거렸다. 이런 이야기를 들으면 옆에서 듣기만 하는 나도 밥맛이 떨어진다. 안 보는 데서는 나라님도 욕한다는데 남편 욕하는 걸 스트레스 해소하는 애교로 봐주기는 하면서도 아내에게 눈길이 갔다. 남들을 의식하지 않고 하는 말이지만 나이 들어 혼자가 된 남자들의 값이 떨어질 대로 떨어졌다. 재혼하려는 내 친구가 여자들이 돈만 안다고 투덜거렸던 생각이 났다. 사랑으로 맺어지기를 원하는 그 친구에게 "이 나이에 늙은이 뒤치다꺼리하며 빨래하고 밥해주는 식모살이하러 가냐"고 여자들이 떠들더라는 말을 전해줄 생각이다. 하루빨리 꿈을 깨라고 할 생각이다. "이 나이에 사랑은 무슨 얼어 죽을 사랑"이란 말을 듣고서는 정나미가 뚝 떨어지더란 말도 할 생각이다. 아내도 듣기 민망한지 가자고 눈짓을 했다. 일어서면서 돈 없이 혼자 된 남자는 개 취급도 못 받는 세상을 한탄했다. 돈 없는 사랑은 기대하기도 어려운 세상, 무조건 둘이 오래 사는 수밖에 없고 여자가 오래 사는 수밖에 없다. 세상살이의 축소판에서 연극배우들의 연기를 돌아다 보는 관객처럼 해장국을 안주 삼아 한 잔 두 잔 술을 입에 넣는 나도 그들이 보기에는 또 다른 연기를 하는 배우인지도 모른다. "애들한테서는 전화 좀 오나? 요새 좀 뜸한 것 같더니만." "별일 없다고는 하는데, 우리 사돈도 회사를 그만뒀나 보던데요." 그렇게 집에서는 듣지 못한 소식을 듣는다. 해장국의 유래라든지 효능에 대해 벽에 써 놓은 것을 보니 거의 만병통치약이다. 그거야 믿거나 말거나 소주 한 병 값을 포함해서

1만 9,000원에 기분이 좋아졌다. 나와 둘이 다닐 때는 아내가 거의 돈을 내지 않는다. 금액이 많건 적건 그런 문제가 아니다. 이럴 때 잔돈푼은 아내가 계산하면 얼마나 좋을까 하는 기대를 버린 지 오래되었다. 그런 경우는 가뭄에 콩 날 정도기 때문이다. 오늘도 전혀 어색해하지 않고 씩씩하게 계산대를 지나갔다. 그걸 보고 그냥 웃었다. 그렇게 모은 돈으로 손자 장난감이나 군것질거리 사주는 줄 알기 때문이다. 여자 앞에서 폼을 잡으며 내가 먼저 계산하고 나중에 속 아파하던 시절도 다 지나갔다. 그러고 보니 내 입맛에 맞아서 이 집을 자주 이용하지만 그럴싸한 집에 가본 지도 오래되었다. 대부분 백수답게 먹고 마신다. 백수 초기에는 관성의 법칙대로 고급 식당에도 갔다. 그것이 얼마 지나 비교적 싼 집에 가서 술안주로 한 가지를 시키고 밥을 먹는 것으로 슬쩍 변하더니 요새는 안주거리는 시키지 않고 밑반찬으로 안주를 대신할 때가 많아졌다. "많이 먹어서 하나도 좋을 것 없어. 보리밥이 건강에 좋아." 이렇게 흰소리들을 하지만 굳이 말 안 해도 왜 그렇게 하는지 이심전심으로 통한다. 해장국집은 이보다 싸고 맛있게 먹을 곳이 없어 자주 찾는다. 이럴 때 해장국 내용물의 좋고 나쁨을 따지는 것만큼 어리석은 짓은 없다. 그냥 이만하면 족하다는 생각으로 충분하다. 덤으로 세상사는 이야기를 듣고 그들보다는 낫다는 우월감으로 충만해서 자리를 일어서는 것만으로도 행복하다. 거금 1만 9,000원을 카드로 계산하고 나오니 아내가 차를 대령했다. 오랜만에 뒷좌석에 앉을까 하다가 말았다. 은근히 취했고 배가 불러오는 판에 노래가 절로 나왔다. '인생은 나그네 길'이다. 혼자서 가면 쓸쓸한 길이다. 해장국집에 오면 나도 부자고 너도 부자고 모두가 부자가 된 기분이다. 누가 돈을 내도 크게 부담이 없다. 목청을 높여 노래를 부르지 않아도 기분이 좋아진다. 비가 구질구질 오는 날, 집에 처박혀 있으면 기분이 가라앉고 우울증 걸리기 딱 좋은데 단돈 2만 원에 저녁 한 끼를 해결하는 데다 밥하기 싫은 아내가 얼씨구 좋다 하고 따라나서고 술에 취해 노래를 부른다. 사람들의 이야기를 듣는 맛도 해장국 맛에 버금간다. 가을비가 와서 기분이 눅눅해졌는데 해장국 한 그릇이 살려주었다.

운전하는 아내 옆에서 반쯤은 감은 눈으로 독백을 한다. 해장국집에서 터득한 교훈이다. '아내한테는 좋은 말도 되로 주고 말로 받고, 싫은 말도 되로 주고 말로 받는다.' 까짓것 어지간하면 아내한테 듣기 좋은 말을 하니 만사가 형통이다. 술이 취했나 보다.

아무리 내가 잘난 척해도 아버지보다는 못하다. 아버지는 다 차려놓은 밥상을 못 본 척하고 나가서 술을 마시고 들어오셔도 당당하셨다.

개
같
은
세
상

바닷가 도시에 살 때다. 내가 자주 걷는 산 길이 있었다. 집에서 멀지도 않고 나지막한 산 중턱에 있는 둘레 길이 좋아 즐겨 찾았지만 사시사철 사람들을 만나는 걸 보면 나만 그런 건 아니었다. 그렇다고 사람들로 붐빌 정도는 아닌 것도 내가 이 길을 즐겨 찾는 이유 중의 하나였다.

그날은 아침부터 차분히 봄비가 내리기 시작하더니 저녁 무렵에는 슬그머니 잦아들었다. 그 길을 나만큼 좋아한다는 사람과 만나 자연스럽게 술 한 잔을 하게 되었다. 술 생각이 나는 날씨가 이런 자리를 만든 것이다. 둘 다 이곳을 좋아하고 서로 잘 알고 지내는 사이였지만 이 산길에서는 한 번도 만난 적이 없다니 이상한 일이었다. 최근 이 산길에서 뜻밖의 사람들을 만나 깜짝 놀란 적이 몇 차례 있었는데 그렇게 자주 다닌다는 우리가 이 산

길에서 만난 적이 없다는 게 오히려 신기했다. 이런 이야기를 하며 이 산길이 너무 좋다고 서로 맞장구를 치다가 들은 이야기다.

평소처럼 다감이랑 걷고 있었는데 반대편에서 오던 어떤 여자가 다감이를 끌어안고 난리여서 어리벙벙했답니다. 가슴에 끌어안고 볼을 부비고 별짓을 다하더니 나중엔 눈물까지 흘리는 거였습니다. 내가 '무슨 이런 여자가 다 있어?' 하는 눈초리로 째려봤을 그때서야 '작년 추석 무렵에 죽은 자신의 개와 너무 닮아서 자기도 모르게 그랬다'는 거였습니다. 오늘도 그 녀석을 잊지 못해서 그곳에 다녀오는 길이라며 멀지 않은 곳에 무덤이 있다고 했습니다. 내가 별로 흥미를 보인 것도 아닌데 그 위치와 무덤 모양까지 세세히 알려주었습니다. 그래서 어차피 가는 길이기도 해 반신반의하면서도 그 장소를 찾아보았답니다. 정말 눈여겨보지 않았으면 그냥 지나치기 쉬운 곳에 정성들여 만든 그 무덤이 있었습니다. 얼마나 애지중지했기에 이렇게 아름답게 무덤을 만들었나 싶어 기념 삼아 사진을 찍어왔습니다.

이 이야기를 들으며 처음에는 헷갈렸다. 사람의 왕래가 빈번한 길가에 무덤을 만드는 게 가능키나 한 건가, 하며 어리둥절했다가 휴대폰으로 찍은 사진을 내보일 때에야 고개를 끄덕거렸다. 앙증맞은 애완견의 무덤이었다. 조그만 돌을 촘촘히 두르고 잔디까지 입혔으니 웬만한 수목장보다 나았다. 쇠락한 정승 판서 묘보다 훨씬 나아 보였다. 아무리 둘도 없는 자식처럼 키우고 정이 들었다 해도 거의 반 년 가까이를 매일 애완견 무덤을 찾아다니고 있다니 놀랄 일은 놀랄 일이었다. 아예 묘비까지 세우지 그랬나 싶었다. 자신의 개와 비슷하게 생겼다고 부비고 난리였다는, 이 사람이 데리고 다니는 애완견 이름이 다감이었다. 개 이름을 멍멍이라 부르든 다감이라고 부르든 그거야 각자의 자유니 그렇다 치더라도 자식처럼 의인화해서 말하는 바람에 내가 헷갈렸다. 요새 와서 그런 경우가 더러 있다. 자기가 사랑하는 다감이가 돌아가시고 나면 다음 입양할 견공의 이름을 다정으로 미리 지어놓고 있단다. 다정다감, 그럴싸하다. 여하튼 집안 어른들 묘지는 본체만체하면서 개 무덤은 매일처럼 찾아가서 애도하다니 그것 참, 개 같은 세상이다.

이런 경우는 또 있다. 한 친구가 최근에 어린애를 입양했다 하기에 처음에는 깜짝 놀랐다. 그렇게 넉넉한 살림도 아니고 성격도 까칠한 친구가 웬일인가 했더니 애완견을 두고 한 말이었다. 처음에 '애완견을 키우자'는 말이 나왔을 때만 해도 자기는 결사적으로 반대했단다. 그렇게 반대했는데도 딸과 마누라가 덥석 한 마리를 사오더니 예상대로 며칠도 지나지 않아 있는 둥 마는 둥 심드렁하더라는 것이다. 그것 봐라, 하며 고소해했는데 사람 환장하게도 어찌어찌하다 보니 밥을 주고 목욕시키고 똥 치우는 것까지 자기 차지가 되었다는 것이다. 처음엔 열이 나서 분통이 터지고 돈을 못 번다고 무시당하는 기분이 들어 언짢기 이를 데 없었는데 이게 키워보니 그 재미가 보통이 아니더라는 것이다. 사람이든 개든 자기를 귀여워해주는 것은 잘도 알아 언제든지, 변함없이 자기를 반가워해주더라는 것이다. 오줌똥도 알아서 가리고 어디든 가자면 두말없이 좋다고 따라나서니 백수인 자기를 집에서 제대로 대접하는 유일한 자식이요, 친구가 되었단다. 본 척만척하는 마누라나 자식들보다 낫다는 것이다. 그것 참, 개 같은 세상이다.

그것뿐인가. 지난 번 친구들 몇이서 부부 동반 원거리 여행을 하게 되었는데 제일 늦게 온 한 친구만 혼자였다. 부부 동반 여행에 혼자서 왔다고 했을 때 처음엔 그 말을 믿지 않았다. 그런데 그게 사실이었다. 이유인즉슨 별별 궁리를 다 해봐도 집에서 키우는 강아지를 맡길 곳이 마땅찮아서 고심 끝에 아내가 집에 남아 돌보고 있다는 것이다. 친구들과 약속을 했으니 안 올 수는 없다지만 경치가 좋은 곳마다 친구 부부들에게 포즈를 취하게 하고 사진사 역할을 도맡아 하는 꼴이 애처로워 개만도 못한 팔자라고 수군거렸다. 부부 모임에 온 외기러기의 측은함이 지금도 눈에 선하다. 얼마 후 가죽소파에 여러 포즈로 앉아 있는 강아지 사진을 보내왔다. 하얀 털에 검은 눈망울이 큰 것이 귀엽기는 아주 귀여웠다. 하여튼 몇 달 전부터 계획한 부부 동반 여행보다 더 소중한 애완견 돌보기가 되었다. 그것 참, 개 같은 세상이다.

또 다른 모임에서 평소 성격이 괄괄한 친구로부터 들은 이야기다. 어느 음식점에서 식사를 하고 있는데 나중에 온 손님이 옆 자리 테이블 위에다가 떠억 애완견을 앉혀 두더라는 것이다. 간격이 십 센티미터나 될까 말까 한 바로 옆 테이블에 개가 앉아 자기들 식사하는 것을 바라보고 있어 별로 기분이 좋지는 않았지만 손님들끼리 얼굴 붉힐 것은 없다고 생각해 별 말없이 참았다는 것이다. 음식점 주인이 나서서 위생이나 미관상 좋지 않다며 제재해주기를 바라고 있었고, 그 잘난 개가 물 컵을 건드려 자기 옷에 물이 튈 때까지는 그래도 얼굴을 찡그리면서도 참고 있었다고 했다.

그런데 애완견이 물컵을 쏟자 "봐라, 삼촌한테 혼난다고 했잖아"라며 개에게 지극히 다정스레 훈계하는 바람에 대판 한바탕 했다는 것이다. "뭐라고요? 그러면 내가 개 삼촌이란 말이요?" 그렇게까지 할 필요는 없었는데 자기가 발끈한 것은 개 주인이 죄송하다고 자기에게 사과하기는커녕 개부터 먼저 챙겼기 때문이기도 하지만 애초에 개를 식탁 위에 얹어 놓은 것도 못마땅해서 한바탕 난리를 쳤다는 것이다. 아무리 개가 귀여워도 자리를 보고 앉혀야 할 것 아니냐며 소리를 질렀더니 결국 그쪽에서 슬며시 자리를 피하며 그 음식점에서 나갔다는데 이를 본 음식점 주인도 고소한지 웃더라는 것이다. 그 이야기를 듣고 우린 정말 박장대소했다. 그날 이후 그 친구의 별명이 개 삼촌이 되었다. 듣는 우리도 통쾌했는데 밥상 옆에 보신탕감도 못 되는 개가 얼씬거렸으니 당사자야 오죽했겠는가. 이번 말복 때까지는 그 친구를 개 삼촌이라고 부를까 보다. 괄괄한 성격이 때론 빛 보는 그것 참, 개 같은 세상이다.

한때는 골프 치는 사람들끼리 때도 장소도 가리지 않고 골프 이야기만 해서 눈살을 찌푸리게 하더니 요샌 목욕탕에서고 커피숍에서고 '얘, 개' 하면서 사람 부르듯이 자기들이 키우는 애완견 이야기를 하는 경우가 많다. 눈치 없는 사람이 "지금까지 아들 딸이 아니고 개새끼 이야기한 거냐?"고 묻다가 오히려 자식같이 키우는 자기 애완견을 개새끼라고 했다며 정색을 하고 나무라는 바람에 몹시 무안했었다는 말도 들었다. 개새끼를 개새끼라고 했다는 게 잘못된 일인가. 개 때문에 우정까지 금갈 뻔했다니 그것 참, 개 같은 세상이다.

다 같은 개 팔자라도 천양지차다. 보신탕집으로 끌려가는 정말 개 같은 팔자도 있지만 가족같이 여기며 죽으면 무덤까지 만들고 수시로 찾아가는 애완견의 팔자는 상팔자다. 애완견 호텔과 병원은 물론 놀이마당까지 별도로 있는 세상이다. 애완견이 드시는 음식을 파는 가게가 성업 중이고 애완견을 모시는 데 필요한 가재도구가 눈을 휘둥그레지게 하는 판이다. 사람 치료하는 의사보다 애완견 전문 치료 의사의 수입이 더 좋은 세상이다. 애완견 이빨 스케일링에 30만 원이 들었다는 말을 듣고 깜짝 놀랐다. 조만간 애완견 의료보험까지 생길 판이다. 사람 팔자보다 더 좋은 개 팔자다. 애완견을 데리고 산책을 나서는 사람들이 부쩍 늘어났다. 집에서는 제대로 말 한마디 못 하고 공원 벤치에 앉아 애완견과 대화를 나누는 나이든 남자들이 늘어나고 있다. 개가 상전이 되고 가장이 애완견만큼도 대접 못 받는 개 같은 세상이 되고 있다.

경제적으로 살기가 좋아진 까닭도 있을 것이다. 핵가족이 되고 고령화가 되면서 외로움을 달래주고 말벗이 되어주는 대상으로 사람보다 애완견을 많이 찾게 되는 이유도 있을 것이다. 애완견을 키우는 내 친구들 중에서 몇몇이 '개가 자식보다 낫다'는 말을 공공연히 하는 걸 보면 이러다가 여차하면 거액의 유산을 개에게 물려주었다는 해외 토픽도 남의 나라 일이 아닐 날이 조만간 올지도 모른다.

비스듬히 챙이 있는 모자를 쓴 중년의 금발 여인이 낙엽이 휘날리는 공원 벤치에 허벅지가 슬쩍 보이도록 다리를 꼬고 앉아 담배 한 대를 꼬나물고 "이것이 인생이야"라고 중얼거리며 하얀 연기를 뿜어내는 영화의 한 장면은 얼마나 멋있었던가. 그 여자의 고독 옆에는 목줄을 단 애완견이 있었다. 그처럼 멋있었는데 그 의미하는 바가 고독이었음을 지금에서야 깨닫는다. 이 영화에서처럼 노년의 쓸쓸함을 애완견이 치료해주면서 서로 의지하는 경우가 우리 사회에도 점점 많아지고 있다.

애완견이 죽었다고 두고두고 애통해하는 것을 들으며 어느 책에서 애완견에 대한 사랑이 지나치면 나중에 더 큰 걱정을 맞는다는 글을 본 것이 생각났다. 애완견의 수명이 기껏해야 10여 년으로 사람보다 짧아 대부분 살아가면서 그 죽음을 겪을 수밖에 없는데 그때 맞는 허탈감과 상실감이 우울증으로까지 발전한다는 것이다. 동물을 가족과 동등시하는 자체가 이미 정상에서 일탈한 것이라 할 것이다.

애완견을 키우는 사람들을 폄하하는 것은 아니다. 또 이런 말을 하고 있는 내가 애완견 대신에 편견과 선입견을 키우고 있는지도 모른다. 그렇지만 모든 게 지나치면 모자람만 못한 법, 다른 사람들 눈도 생각하며 살 일이다. 개 팔자보다 못한 사람도 많은 세상이다. 세상이 변해 아무리 개 팔자가 상팔자가 되었다지만 나는 사람으로 태어나 사람답게 사는 게 더 좋다.

길을 걷다

　　　　길을 걷는 것은 고되면서도 기분이 좋다.
습관처럼 집 근처 산길을 걷는다. 오늘도 한여름 무더위가 극성
을 부리는 걸 피해 새벽에 집을 나섰다. 비가 온 지 얼마 되지 않
아서 그런지 길바닥은 촉촉하고 아직까지는 지열이 뿜어 나오고
있지 않았다. 벌써 동이 트기 시작하고 매미가 울기 시작했다.
이런 날, 달랑 물만 들어 있는 배낭을 짊어지고 혼자서 뚜벅뚜벅
산길을 걷는 것은 등에 바랑을 매고 떠도는 스님 같다. 나는 여
느 때나 다름없이 수도승처럼 천천히 걸었지만 몸만 앞으로 가
고 머릿속은 지나온 길을 가고 있었다. 혼자서 이렇게 걷는 길은
묵언默言의 길이지만 무념무상無念無想의 길은 아니었다.

　　　인생의 초중반이 끝나 후반전에 들어서고 있다. 돌아보니 내

꿈이 무엇이었는지도 사뭇 헷갈리고 애당초 꿈이라는 게 있었
는지도 헷갈린다. 어느 길로 가야 되겠다는 굳은 의지가 반영된
생을 산 것은 아니지만 '더 빨리, 더 높이, 더 멀리'라는 인생의
올림픽 슬로건을 걸고 산 것은 사실이다. 그것이 잘한 일인지
아닌지는 섣불리 판단하기 어렵지만 다 지난 꿈같은 일이다. 그
모든 것이 내 운명이고 내 사주대로 살아왔다는 생각이다. 내
팔자였다.

　　얼마 전 가을이 무르익기 시작하는 어느 날, 우연찮게 히말라
야 트레킹을 했다. 일주일 간 하루에 여덟, 아홉 시간을 걸었다.
맑은 날도 걸었고 흐린 날도 걸었고 비가 오는 날도 걸었다. 평
탄한 길도 걸었고 돌계단을 진이 빠지게도 걸었고 소나 나귀가
방금 싸 놓은 똥을 밟기도 하고 조심스레 피해서 걷기도 했다.
폭포가 쏟아지는 가파른 산을 옆에 끼고 숨이 목에 차오를 때까
지 오를 때도 있었고 밤새 피아노 건반 두드리듯이 함석지붕을
두드리는 빗소리에 내일 걸을 길을 걱정하며 지낸 적도 있었다.
나무숲이 끝나고 고산 풀이 나오는 수목한계선을 느끼면서 한
발짝씩 올랐고, 고산증세로 손이 떨리는 내 몸의 한계도 느꼈다.
2,000미터를 넘어서면서 어느 순간 싸구려 공짜 폰이 모든 서비
스를 중단했다. 통화는 물론 사진 찍기 기능도 죽어 당황했다가
모든 걸 포기하고 말았을 때 온 세상과 단절된 느낌에 불안하다

가 나중에는 오히려 편안해지기 시작했다. 누구한테 연락하고 보여주는 일 없이, 타인의 시선을 의식할 필요 없이 그냥 걷기만 했다. 나 혼자 있다는 고독함이 쓸쓸하면서도 좋았고, 두고 온 모든 것에 대한 그리움조차 앗아가 자유로워졌다. 끈, 있어서 좋고 없어서 더 편하다는 걸 알았다.

그리고 드디어 안나푸르나 베이스캠프ABC에서 멈추었다. 눈앞에 바로 보이는 준봉들이 베이스캠프에서도 3,000미터는 더 높이 있다는 데 놀랐고 새벽 한기寒氣 속에 바라 본 하늘에 별들이 잘 익은 과일처럼 주렁주렁 달려 있는 것에 놀랐다. 새로운 세상이 펼쳐졌다. 황홀한 자태로 빛났다. 새벽의 하늘에서 찬란하게 빛났다. 그러나 나에게 주어진 그 황홀과 찬란은 순간이고 찰나였다. 앞에 보이는 저 눈 덮인 산을 오른 사람도 있지만 오르다 죽고 아직까지도 추운 빙벽에 매달려 있거나 크레바스에 빠져 있는 사람도 있다. 그들도 이 찬란한 별빛을 바라보며 저 추운 산꼭대기에서 환호성을 지를 꿈을 꾸었을 것이다. 황홀과 찬란은 누구에게나 순간이고 찰나다. 그렇게 되는 날을 꿈꾸는 과정이 보람되고 고되고 길 뿐이다. 영화〈히말라야〉의 장면이 투영되었다. 내가 거기까지 올라가는 데는 닷새였는데 내려오는 데는 이틀 걸렸다. 오르면서는 내려오는 사람들을 부러워했는데 내려오면서는 올라오는 사람들을 격려했다. 올라가면 무조건 내려오게 되어 있고 예외는 없다. 오직 걸으며 여기, 지금 같이 하

과연 지금 나는 어디에 서 있는가. 앞이 빤히 보이고 간혹 오르막은 있을지라도 전체적으로는 내리막길이
다. 거스르지 말아야 한다. 하늘을 나는 새처럼 바람을 거스르지 말아야 평온하다.
_사진 © MarijaGrujovska@wikimedia commons

는 사람들에게 집중했다. 사진을 찍는 것도 오늘을 추억하고자 하는 나를 위한 것이 아니라 엄밀히 말하면 남에게 보여주기 위한 행동이 아닌가 하는 생각이 들었다. 평생 남을 의식하고 살았다는 반증이다.

내 평생 처음으로 생각지도 못한 높은 산을 걷고 또 걸었는데 돌아보니 인생의 축소판을 며칠 새 다 겪은 셈이다. 산을 오르고 길을 걸으며 인생을 깨달았다. 정신의 충일감充溢感을 맘껏 느꼈다. 걸으면서 즐거운 고통을 누렸다.

내가 살아온 길을 돌아보니 기쁜 날도 있었지만 뜻대로 되지 않아서 슬퍼하고 괴로워한 적도 있었다. 사랑하기도 했고 미워하기도 했다. 인생에는 그런 온갖 일들이 다 있는 것이다. 그래서 멋있었다고 할 거야 없지만 그렇기에 지난 인생이 밋밋하지 않고 재미있지 않았나 하는 생각도 든다. 그렇게 생각하니 지난 날이 아름답게 보이고 편해졌다. 다 지난 일이다.

과연 지금 나는 어디에 서 있는가. 앞이 빤히 보인다. 간혹 오르막은 있을지라도 전체적으로는 내리막길이다. 거스르지 말아야 한다. 하늘을 나는 새처럼 바람을 거스르지 말아야 평온하다. 바람 속의 새風中雁가 되어 어느 방향으로 가야 할지 알아야 된다.

무엇을 해야 하는가. 앞으로 어떻게 살아야 하나.

이제 세상일에 안절부절하지 말고 오늘을 추스를 때다. 내 주변의 소소한 일에 만족하고 내가 하고 싶은 일을 할 때다. 작은 일이라 해서 크게 행복하지 말란 법이 없다. 아지랑이가 피고 꼬불꼬불해 멀기만 해 보였던 논두렁길을 넉넉히 바라보는 느긋함이 필요하다. 직선보다는 곡선이 아름다워 보이는 시기다. 되는 대로 살 것이 아니라 생각하며 살아야 된다.

산을 내려오면서 문득 논어의 이런 글이 떠올랐다. "군자君子도 미워하는 게 있습니까?"라고 제자인 자공이 묻자, 공자는 "미워함이 있다. 다른 사람의 좋지 않은 점을 떠들고 다니는 사람, 예의나 염치가 없는 사람, 자기주장은 적극 펴면서도 고집스러워 다른 사람의 말은 듣지 않는 사람을 미워한다"라고 대답했다.

때론 군자가 미워하는 짓을 하며 살아왔을 것이다. 반성한다. 앞으로는 그렇게 아니 되기를 결심해본다. 다른 사람의 눈을 지나치게 의식하지 않는 게 행복의 한 방편이라지만 다른 사람에게 손가락질을 받아서 좋을 건 없다. 이제 사주도 봐주지 않는 나이가 되었다. 행복은 기쁨의 강도強度가 아니라 빈도頻度라는 말에 충실할 필요가 있다. 작은 기쁨이라도 크게 느끼는 마음가짐이 중요하다. 할 수 있는 일보다 즐길 수 있는 일이 늘어나는 것이 좋은 인생이다.

백수
노트

일손을 놓고 빈둥거리며 사는 것이 그렇게 만만한 것은 아니다.
그렇지만 몸과 마음으로 변화를 실감하고 갈등을 느끼며
명실공히 백수답게 사는 수밖에 없다.

영화

———

　'용의자'를 추적하고 '변호인'을 만나고 '월 스트리트의 늑대들'이 어떻게 사는가를 알아보며 하루를 시작하게 되었다. 일금 5,000원으로 사람들 속에 섞여서 좋았고, 끝날 때 여운이 남아서 좋았고, 아침 일찍부터 뭔가를 한 듯 뿌듯한 기분이 들어서 좋았다. 서둘 것이 없는데도 일찌감치 나설 곳이 있어서 좋았고, 커피 한 잔을 둘이서 같이 마시는 것도 좋았다. 조조영화관 안에는 많아야 20~30명이 이 빠진 자리처럼 듬성듬성 앉아 있는데, 시간이 남아돌고 한 푼이라도 헛되이 쓰고 싶지 않은 초로의 남녀들이 대부분이다. 그 속에 내가 있다. 처음에 아내가 조조영화나 보러 가자고 했을 때 선뜻 내키지는 않았지만 몇 번 다니다 보니 색다른 맛도 있었고 회사 다닐 때처럼 새벽부터 서둘게 되어 활기차고 하루가 덜 지루해서 좋았다. 오늘도 다음 편을 예약했다.

청첩

결혼식 청첩장이 몰려들면 짜증스러우면서도 반갑고 그날이 기다려진다. 옛날 같으면 적당한 핑곗거리를 찾아 아니 갈 곳에, 그럴 핑곗거리도 없고 크게 싫지도 않아서 애써 찾아간다. 이때 사람들을 만나서 약속이 많은 척, 은근히 바쁜 척 아직까지는 허세를 떤다. 서로의 근황을 묻고 웃고 떠들지만 이런 자리에서 주고받은 말은 그 자리를 떠나면 금방 잊어버린다. 요새 와서 나와 비슷한 또래는 서로 명함을 주고받지 않는 것이 전과 달라진 점이다. 대충 저 녀석도 백수겠지 서로 짐작해서다. 전화번호를 묻지도 않고 언제 한번 만나자는 의례적인 빈말도 거의 안 한다. 이제까지 연락 안 하고 지냈으면 앞으로도 이런 자리 아니면 만날 일이 없다는 것을 눈치로 서로 알기 때문이다. 그런 부담이 없어 가볍기도 하지만 쓸모가 없어지고 있다는 느낌이 들어 쓸쓸하다.

오늘은 결혼식이 두 건, 하루에 지출한 돈을 속으로 셈하는 꼴을 보니 집을 몇 번씩 옮겨도 청첩장과 세금고지서는 어김없이 찾아온다고 투덜대던 선배들을 닮아가고 있다.

유혹

————

　알고 지낸 지는 오래되었지만 가깝지도 멀지도 않은 사람과 점심을 같이 하게 되었다. 그 많던 만남이 포물선 긋듯이 서서히 줄어드는 것이 아니라 급전직하로 떨어지고 있을 때다. 몸담았던 곳에서 맺은 인연도 면직 발령과 함께 끝이 나는 걸 실감하고 있을 때다. 잔무 처리하듯 몇 달 동안 이어지던 만남도 끝이 나고 허전할 때 찾아온 반가운 전화 연락이다.

　오랜만에 맛있는 음식을 먹었다. 내 건강을 염려해주고 보잘것없는 능력을 아까워할 때 고마웠다. 놀고 있느니 자기 회사에 와서 일을 해달라고 했을 때 흔쾌히 응했고, 보수는 많지 않아도 좋다고 말했다. 드디어 갈 곳이 생겼다는 사실에 고무되었다.

　영업도 잘 되고 재무상태도 건실하다 했을 때까지 화기애애한 분위기가 이어졌다. 그러다가 공동대표 제안에 당황했고, 그 회사 주식 지분의 반을 인수하라는 제안에서 모든 것이 멈추어졌다. "몸은 팔아도 돈은 투자할 수 없다"는 말로 답했다. 그 말을 하면서 갑자기 창녀로 전락한 듯해 마음이 언짢았다. 미지근해진 맥주를 목

안에 쓸어넣었다.

그때 헤어진 후 다시는 만나지 못했다. 그동안 인정에 매여서, 귀가 얇아서 속은 여러 차례의 경험이 이런 결정을 쉽게 만들었다. 집에 오면서 순수한 선의를 곡해한 것이 아닌가 하는 생각도 들고 아쉽기도 했다. 엄마가 자주 말씀하시던 옛말을 떠올리며 스스로를 위로했다.

"적게 먹고 가는 똥 싸거라."

노화

　수십 년 동안 정기검진을 받으면서 특별한 이상이 없으면 당연하게 생각했고, 좋아하기보다 검진비용이 아까울 때가 많았다. 운동을 열심히 하고 균형 있는 식사를 하라는 것이 그동안의 검진 결과였다. 그럴 때마다 심각하게 생각하지 않고 '또 그 소리구나' 하고 대수롭잖게 지나갔다. 그런데 얼마 전에 잠시 우울한 적이 있었다.

　"안경 쓰며 불편해한 적은 있어도 그게 큰 문제라는 생각은 안 했지 않습니까?" 이 약을 평생 먹어야 한다는 말에 내가 난감한 표정을 짓자 의사 선생이 한 말이다. 그렇게 앞으로 매일 약을 먹으며 편한 마음으로 살아가라는 것이다. 어느새 몸에 잔고장이 나고 있는데 1년 전부터 고혈압 약을 먹고 있는 것까지 합치면 평생 복용해야 하는 약이 두 가지가 되었다. 언젠가부터 아버지가 나들이 가실 때 약보따리부터 챙기시더니 내가 그렇게 되었다. 얼마 전까지만 해도 가벼운 질환이나 아픈 증상이 있으면 약을 먹는다든지 가벼운 치료를 하는 정도였는데 이젠 본격적으로 몸을 다스릴 때가 되었다. 서럽고 기분이 이상했다. 내가 늙고 있는가, 이런 게 노화의 초기 증상인가 하는 묘한 심정 말이다. 하필 백수가 되고 이런저런 잔고장이 나면서부터 느끼게 되는 심정이다.

서글픔

영화 예매 창구에 갔더니 날 보고 경로 대상이냐고 물었다. 할인 혜택을 주겠다는 친절인데 온통 흰머리뿐인 내 모습을 보고 그리 말한 듯하다. 이런 경우를 여러 번 당했다. 고궁이나 관광지에 입장할 때도 그랬고, 전철을 타서 좌석을 양보받을 때도 그랬다. 내가 나서서 경로 대상이란 말은 안 했다지만 몇 천 원에 양심을 팔았다. 경로 대상이 될 나이도 머지않았지만 아직까지 마음도 청춘, 몸도 청춘인 줄 알았는데 그렇게 큰소리칠 입장이 아니다. 마음만 청춘이었다. 경로 대상이 되고 나서 한 달만 기분이 좋았다는 말이 알듯말듯하다. 나이가 드는 것만큼 마음이 미처 못 따라가서 슬프다.

무궁화 열차

―

　혼자서 여행을 갔다. 바쁘게 갈 하등의 이유가 없음으로 가장 느린 무궁화호를 일부러 골랐다. 한때는 잘나갔던 무궁화호도 이젠 낡아 허름해졌다. 비스듬히 의자에 기대 창밖으로 산을 쳐다보고 내를 쳐다보고 바삐 일하는 사람들을 쳐다보았다. 오랜만의 여유가 좋다가 말았다. 한가로이 떠가는 흰 구름도, 무궁화 열차가 느릿느릿 달리는 것도, 다른 열차를 먼저 보내는 것도, 바쁠 것 없다는 듯이 역마다 빠짐없이 서는 것도, 삐걱거리는 의자 소리마저도 어째 꼭 나 같아서다. 한때는 나도 잘나가던 무궁화였는데 이젠 KTX 열차나 새마을호가 지나가면 한쪽으로 비켜서 기다리는 신세가 되었다. 간혹은 무궁화 열차를 타고 온갖 상념에 잠기고 싶은데 창밖에 지난날이 스쳐가는 것이 부담스럽다.

넥타이

회사 동료들과의 모임도 뜸해질 때 누군가 점심이나 같이 하자며 연락해오면 집에서 매일 보는 아내에게 얼굴이 서고 으쓱해지는 것이 사실이다. 앞으로 도움 줄 일이 없을 것 같은 사람이기에 더욱 고마워 그 사람을 '난 사람'에서 '된 사람'으로 격상시켰다. 그런데 음식점에 앉으면서부터 기분이 묘했다. 그는 넥타이를 매고 나오고 나는 티셔츠를 입고 나갔다. 뭔가 확연한 차이가 났다. 얼마 전까지만 해도 넥타이 매는 것이 당연하면서도 거추장스러웠는데 이번에는 왜 그리 부럽던지. 넥타이를 매는 건지 넥타이에 목이 매이는 건지 헷갈려하며 투덜거리고 산 지 30여 년, 그걸 부러워할 줄은 몰랐다. 옷도 내 맘대로 못 입겠다. 아주 가끔 넥타이를 매고 가야 하는 곳이 있을 때 와이셔츠를 다림질하는 아내가 혼잣말을 하는 걸 들었다. "다림질할 때가 좋았어."

그걸 그렇게 귀찮아 하더니…….

이등병

얼마 전 퇴직자 모임에서 단풍놀이를 갔다. 모처럼 만나도 이런 기회 아니면 다시는 못 봤을 사람들이 대부분이어서 다들 낯익고 반가웠다. 여기 모인다는 건 모두 지금은 야인이란 얘기다. 나는 처음으로 간 것이지만 아무래도 활기가 예전만 못한 게 서글펐다. 말수가 줄어들었다. 오늘을 이야기하지 않고 옛날을 이야기했다.

다른 데서는 나이 든 척하기도 하고, 어른 노릇도 해왔는데 여기서는 이등병이었다. 20대 신입사원으로 탈바꿈하면서 갑자기 젊어지는 느낌이었고, 살맛이 절로 났다. 부부 동반해서 오는 모습은 단란해 보이고 혼자서 오는 모습은 조금 쓸쓸해 보였다. 회사 다닐 때의 지위 고하와는 별개로 늙어가는 모습은 제멋대로였다. 현재의 살림살이가 반영되고 있다는 느낌이다. 부피가 크기만 할 뿐 값도 얼마 안 나가는 기념품을 받고서 투덜거리는 사람은 있어도 놓고 가는 사람은 아무도 없었다. 나는 어디쯤 서 있는가.

호칭

———

회사를 떠나고 나서 서로 부르고 불리는 호칭에서 헷갈릴 때가 있다. 현직을 떠난 사람들을 두고 퇴직 직전의 직급에 따라 부장이니 사장이니 이렇게 부르게 될 때가 문제다. 이렇게 부르는 것이 논리상으로는 안 맞는 줄 알지만 그렇다고 마땅한 방법이 없으니 최종 직위를 두고 부르는 게 현실이다. 좋은 게 좋은 거라고 어느 사회나 그런 것 같다. 그러니 한번 해병은 영원한 해병이고 국회의원 한 번 하면 평생 국회의원 행세한다. 장관, 장군, 사장 모두가 그렇다. 심지어 친목 모임의 돌려먹기 회장이나 총무를 해도 마찬가지다. 아무튼 그런 호칭 때문에 불편한 느낌을 갖는 사람들이 있으니 조심할 일이다. 나는 허물없이 지내는 나보다 나이 많은 사람들을 만나면 대체로 선배라고 부른다. 옛사람들이 호號나 자字를 불렀던 이유를 이제는 알 것 같다. 흉허물이 없다 하여 늙어서도 어릴 때처럼 개똥이, 소똥이라고 함부로 부를 순 없지 않은가.

백수가 된 후 주변 사람들에게 내 호를 알리다 보니 요즘은 날 보고 파암波岩, 아니면 파암 선생이라고 부르

는 사람들이 늘고 있다. 그것보다 일수거인─水去人이란
새로운 내 호를 부르는 사람이 많아졌다. 글자 그대로
일수거인, '한물 간 사람'이 아무래도 기억하기 좋은가
보다. 처음 듣고서는 고상한 호인 줄 알았다가 한물 간
사람이라니까 웃고 좋아한다.

술

　나는 술을 좋아한다. 요새 와서는 더 자주 마신다. 여러 사람들과의 교류는 줄었는데 자주 만나는 사람들은 늘었다. 술을 마시는 게 일상이 되어 있고 술을 마시고 나면 기분이 좋아진다. 이런 나를 보고 주량이 건강의 바로미터라며 최근에 심장수술을 한 내 친구가 부러운 듯이 말했는데 하여튼 나는 술을 싫어하는 사람들을 이해 못 한다. 술 없이 인생을 논하는 것도, 밥만 먹고 떠들다가 헤어지는 만남도 나는 이해 못 한다.

　다만 수십 년 동안 빈속에 들어가는 짜릿한 소주의 맛에 길들여져왔는데 이런 나에게 변화가 왔다. 소주가 막걸리로 바뀐 것이다. 막걸리가 건강에 좋다는 뉴스 때문이 아니라 백수가 되고 나서 매일처럼 술을 먹다 보니 속이 덜 쓰리게 하려고 막걸리를 주로 마시는 것이다. 얼마 전 건강검진에 앞서 문진표를 작성하면서 고민했다. 일주일에 몇 번씩 술을 마시고 어느 정도 마시냐는 질문에서다. 결국 염치가 없어서 두 번을 줄여 일주일에 다섯 번이라고 허위 작성했다. 소주로 반병 정도라고 반쯤 줄여 허위 작성했다. 그렇게 줄였어도 크게 양심의 가책은 없었다. 술을 줄이긴 줄여야 하는데 도리어 늘었다.

둘레길

걷기 열풍이라더니 곳곳마다 둘레길이다. 산자락길,
산여울길, 이런 멋진 이름도 생겼다. 바위가 많은 산에
서 내려올 때는 무릎에 무리가 가고 힘이 들면서부터 둘
레길을 애용하게 되었다. 아직도 성에 안 차서 너댓 시
간씩 걷자고 하고 높은 산을 타자는 선배들이 있어 부끄
럽고 곤혹스럽지만 나는 가까운 뒷산이나 둘레길을 많
이 다닌다. 이 중에서 기억에 남는 것이 서울 둘레길이
다. 백수 셋이서 157킬로미터의 서울 둘레길을 여름에
서 봄까지 걸어다녔다. 열흘에 한 번꼴로 다닌 셈이고
하루에 8킬로미터 내외를 걸었다. 아침 일찍 집에서 출
발해 지하철을 길게는 두 시간을 타고, 목적지에서 세
시간 남짓 둘레길을 걷고, 두 시간 가까이 막걸리와 순
대국밥을 먹고, 또 두 시간이 걸려 집으로 오는 일과를
소화하면 하루가 다 갔다. 더운 여름에도 단풍이 짙어가
는 가을에도 눈 내리는 겨울에도 쌀쌀한 봄날까지 서울
둘레길 8개 구간을 약속을 어기지 않고 걸었다. 수락산,
불암산, 용마산, 아차산, 고덕산, 일자산, 대모산, 우면
산, 관악산, 안양천, 봉산, 앵봉산, 북한산, 도봉산으로

이어져 있다. 낯익은 곳도 있고 생소한 곳도 있다.

서울 둘레길을 걸으며 얻은 것이 많다. 서울을 병풍처럼 둘러싼 산세를 감상하고, 500년 조선의 도읍지에 남아 있는 각종 문화자원을 만난 것이 그 하나고, 내 기억 속에서는 항상 낙후되었던 곳이 최근 수십 년 사이에 몰라보게 발전된 모습을 본 것이 그 둘이며, 둘레길을 다니고 막걸리를 마시며 평생 같이 갈 좋은 친구를 발견한 것이 그 셋이다. 인증 스탬프를 찍었다.

백수 초기 그리고

백수 초기 생활이 그렇게 흘러갔다. 한편으로는 시원하고, 한편으로는 허탈하고 때론 섭섭하고 울적한 나날이 지나가고 있다.

컵라면에 물 부어놓을 때, 혼자서 커피 타 먹을 때, 쌓인 그릇 설거지할 때, 구두에 쌓인 먼지를 걸레로 닦아낼 때, 앞집 개새끼 낯선 사람 본 듯 짖어댈 때, 선글라스 쓴 젊은 여자가 차 안에 앉아서 한가한 사람 골랐다는 듯 길을 물을 때, 가스라이터 돈 주고 사서 담배 피워 물 때, 아직도 돈을 버는 친구가 술값을 먼저 낼 때, 기분이 더러워진다.

잘 아는 백수 선배 시인이 그렇게 읊었다.

"앞으로 지금보다 더 소심해지고 별것 아닌 일에 기분 나빠 하고 착잡해할 것이다."

가슴시린 이야기지만 어쩔 수 없다. 흔들리지 말고 원치 않는 일들이 닥치더라도 만사 순응하며 살 일이다. 백수 시절이 길어야 10년이고 앞으로 몇 년 지나면 백수로도 불리지 않을 날이 온다.

인생의 황금기에 들어서서

　　요즘 남은 생애를 어떻게 보내야 하나 하는 생각을 해볼 때가 자주 있다. 직장이란 틀 안에 있을 때는 이런 생각을 할 겨를이 없었는데 불과 몇 년 사이에 이렇게 되었다. 그동안 은퇴라는 말을 하기에는 너무 이르다는 생각이 들면서도 일자리를 찾아보려는 적극적인 노력은 하지 않았다. 새로운 일을 시작하는 데 대한 막연한 두려움이 앞섰기 때문이다. 체면을 구기지 않고 조금이라도 위험한 일을 벌이지 않으려는 생각이 밑에 깔려 있었다. 그렇게 어정쩡한 상태에서 차일피일 지내다 보니 무위도식하는 이 생활에 젖게 되었고 은연중에 이 생활을 즐기게도 되었다. 그러면서 노후를 위해 뭔가를 해야 한다는 중압감에 빠졌고 건강으로 볼 때 일손을 놓기에는 너무 빠르다는 생각이 들어 괴로워한 적도 있었다.

그런데 어느 날부터는 덧셈을 할 것이 아니라 뺄셈을 할 나이라는 생각이 들기 시작했다. 오늘에서 내일을 볼 것이 아니라 내일에서 오늘을 보니 세상이 달리 보였다. 일자리를 찾아다니는 것보다 내가 좋아하는 일을 하면서 사는 것이 더 바람직한 것이 아닌가 하는 생각이 들기 시작했다. 나에게 남은 날이 한없이 많을 줄 알았는데 살날이 그렇게 많지 않다는 생각이 자꾸 들었다. 이 두 가지 갈등 속에서 뒤쪽에 무게가 실린 것이다.

　얼마 전 신문에서 김형석 전 연세대 철학과 교수의 대담 기사를 감명 깊게 읽었다. 그분이 올해로 96세, 정정하고 깨끗하게 늙어가는 모습이 부러웠고 아직도 지팡이를 짚지 않고 글을 쓰고 강의를 하며 활동을 한다는 사실이 놀라웠다. 특히 50대 후반에 수영을 시작한 것 외에는 특별히 운동을 하지 않고서도 그만큼 건강을 유지하고 장수하고 있다는 사실이 말만 나오면 건강이요, 운동 열풍인 요즘의 시각에서 의외였다.

　일할 수 있는 만큼의 최소한의 건강만 있으면 족하다고 생각하고 살아왔다고 했다. 날씬한 체구와 온화한 얼굴은 예전과 크게 달라진 것이 없었고, 보기 좋게 주름이 져 있었다. 무엇이든지 잘 먹고 잘 자는 게 장수의 비결이라 했다. 또 정신적 긴장을 주는 공부와 여행을 장수의 비결로 들고 있었다. 나이 들어도 연애 감정을 갖는 것이 좋다고 했다. 그 말을 남의 말을 빌어 슬쩍 끼워 넣고 있어 아주 인상적이었다.

만약 인생을 되돌릴 수 있다면 60세로 돌아가고 싶다고 했다. 더 젊은 날로는 돌아가고 싶지 않다고 했다. 그보다 젊었을 때는 생각이 얕았고 행복이 뭔지 몰랐다는 것이다. 인생에서 노른자인 시기가 65세에서 75세까지라고도 했다. 그 나이에야 비로소 생각이 깊어지고 행복이 무엇인지, 세상을 어떻게 살아야 하는지를 알게 되었다는 것이다. 대학 교수로서 정년인 65세부터 75세까지의 10년을 인생의 황금기로 들고 있었다.

딱 내 나이에 맞는 말이다. 요즘에 와서 행복이란 말을 많은 사람들이 입에 붙이고 살지만 행복하지 않다는 사람이 많다. 지난번에 어떤 지인이 오랜만에 어떻게 지내냐고 안부전화가 왔기에 무심코 행복하다고 했더니 깜짝 놀라 했다. 행복하다고 스스럼없이 말하는 사람을 처음 봤다는 것이다. 그게 이상하게 들리는 세상이다. 마침 김형석 교수의 글을 읽고 행복하게 살기 위해 애를 쓰고 있어서 쉽게 그런 대답이 나온 것 같다. 하여튼 행복해야 할 많은 이유를 놔두고 굳이 행복하지 않아야 될 이유를 찾을 필요는 없다는 생각이다.

아무래도 예전보다는 월등히 시간이 많아졌고 내 마음대로 그 많은 시간을 쓸 수 있으니 자유롭고 행복하다. 일어나는 시간도 자는 시간도 딱히 정해놓고 지내지 않아도 비슷한 시간에 일어나고 잔다. 어느 때나 어디서나 잘 잘 수 있어 행복하고 특히 자고 나서 몸이 나를 것 같을 때 행복하다. 집 가까이에 언제든지 오를 수 있는 산이 있어 행복하고 그 산을 오르다가 마땅한 나무 그늘 아래 누워 잠이 들 때 행복하다. 살금살금 겨드랑이를 간질이는 맑은 바람에 눈꺼풀이 무거워지며 스르르 잠이 드는 그 가치는 겪어보지 않고는 알기 어렵고 측량하기 어렵다. 또 가깝게 지내는 사람들과 잦지도 않고 드물지도 않게 술을 마시고, 많이도 아니고 적게도 아니고 조금쯤 취해서 헤어질 때 행복하다. 만나고 싶은 사람들을 자주 만나고 또 그들과 헤어지면서 다음 만날 날을 기약하는 것도 즐겁다. 책을 읽고 하루도 지나지 않아 그 내용을 잊고 주인공 이름마저 책장을 덮는 순간에 잊어버릴망정 그 속에 빠지는 순간은 더할 나위 없이 행복하다. 글을 쓰고 거기에 몰입하는 순간이 행복하고 인사치레로라도 좋은 취미를 가졌다고 칭찬을 하면 더욱 기분이 좋고 행복하다. 돈이 많지 않으니 돈 때문에 속 썩을 일이 없는 것도 행복하고 다행히 아껴 쓰면 기본적인 생활은 가능한 것도 행복하다. 속 썩이지 않고 때에 맞춰 출가한 아들딸이 심심찮게 들락거리는 것도 행복하다. 또 우리 부부에게 같은 취미가 많고 나이에 비해 건강한 편인 것도 행복하다. 별거 아닌 것이 다 행복하다.

마음 한 번 돌리니 여기가 극락이란 말이 맞다. 경제적 여유라는 것도 마음먹기 나름이다. 노후 대비를 한다고 노년을 다 보내는 어리석은 사람이 되지는 말자는 주의다.

내 나이의 평범한 사람들은 대부분 일선에서 손을 놓는 추세이고 남은 생을 어떻게 보내야 하나 고민하는 게 현실이다. 그 대다수의 무리에 내가 끼여 있다고 생각하니 마음이 편하다. 나이에 비해 건강하다는 것이 강박이 되고 고민이 될 이유는 없다. 그렇게 쉽고 편하게 생각하면서 마음이 편해졌다.

요즘 이런저런 대체적인 하루 일과를 그려놓고 그에 맞춰 지내기는 하지만 '반드시'라든지 '꼭'이라는 말을 붙이지 않고 생활한다. 그럴 이유도 별로 못 느끼고 그냥 자유롭고 편하게 사는 것이 옳다는 생각을 하기 때문이다. 몸이 내키는 대로고 마음이 내키는 대로다. 마음대로 하지 않고 몸대로 하니 무리하지 않아서 좋다.

내 주변 사람들이 퇴직 이후 각양각색으로 하루하루를 보내고 있는데 그중에서 아무래도 산을 타는 사람들이 제일 많다. 나도 그중 한 사람이고 그밖에 다행히도 책을 즐겨 읽고 좋아서 글을 쓰는 행운을 타고났다. 혼자 있어도 하루를 무료하게 보내며 세월을 낚지는 않고 지낸다. 일생一生이다. 한 번뿐인 생을 헛되이 보내기는 싫다. 지금이 내 생애 가장 소중하고 좋은 때라는 생각을 다지고 있다. 지금부터 앞으로 15년이 내 인생의 황금기다. 그 길지 않은 황금기를 후회 없이 잘 보내야 한다.

얼마 전에 본 우리나라 연령별 인구 통계에서 새삼스럽게 다시 한 번 스스로를 돌아보게 되었다. 그 통계의 정확성이 맞다 치면 시사하는 바가 적지 않았다. 나와 같은 해에 태어나 올해까지 살아 있는 사람이 약 36만 명이었다. 지난 60년을 버티지 못하고 죽은 사람도 많을 것이나 통계에 없었다. 올해로 70세가 약 19만 명, 80세가 2만 2,000명, 90세가 1만 2,000명이다. 그리고 현재 나이가 67세라면 80세까지 생존할 확률이 25퍼센트이고 90세까지 생존할 확률을 3퍼센트로 추정하고 있다. 그보다 나이가 적은 내 나이 또래는 후하게 쳐도 어림잡아 80세까지 사는 사람이 30퍼센트 될까 말까 할 것이다. 다시 말해 70퍼센트는 그 전에 죽는다. 앞으로 20년 살기도 그렇게 쉽지 않다는 걸 보여주고 있다. 장수가 축복이 아니라 재앙이라는 말을 하고, 고령화시대에 오래 산다고 하니 다들 당연히 90세까지는 살 것이라 생각하는데 말처럼 그리 쉽지 않다는 걸 보여주는 통계다. 나는 과연 어디에 끼일 것인가. 남은 세월을 어떻게 보낼 것인가. 과거를 돌아보니 30년 전이라 해도 88올림픽 때요, 20년 전이라면 겨우 IMF 경제위기 때다. 순식간에 지나간 어제 같은 날들만큼도 앞으로 살기 쉽지 않다는 뜻이니 허망하다. 누굴 미워하고 싫어하고 아귀다툼하고 그럴 시간이 없다는 걸 통계로 보여주고 있다.

세계보건기구WHO에서는 건강을 신체적으로 허약하거나 질병이 없는 상태뿐만 아니라 정신적으로나 사회적으로 안녕한 상태라고 정의하고 있다 한다. 이렇게 보면 병치레를 안 하고 육체만 튼튼하다고 건강한 건 아니니 건강한 삶이 말처럼 쉬운 것이 아니다. 얼마 전부터 죽기 전에 꼭 하고 싶은 버킷리스트를 작성하고 삶의 우선순위를 정하기 시작했다. 그러면서 하루하루를 즐겁고 소중하게 여겨야겠다는 생각이 많이 들었다.

일손을 놓으면서 많이 당황했고 아쉬워했지만 하루라도 젊을 때 인생을 즐기라는 하나님의 뜻으로 받아들이면서 훨씬 편해졌다. 대한민국 내 또래 건강장수인 100인에 드는 게 나의 꿈이라고 말하면 내 가족부터 믿지 않고 웃는다. 아내는 욕심이 많다고 빈정대고 아들은 그렇게 오래 살려고 하느냐고 불쑥 말을 해놓고 민망해하고 딸은 그렇게 되면 제 나이도 70세는 넘을 것이라고 셈을 했다. 애들은 길게 느껴지는 날들이 나에게는 짧게만 느껴진다. 세계보건기구에서 정의하는 건강 기준을 적용해 100살까지 산다면 우리 또래 중 0.01퍼센트 이내에는 들어야 될 것이다. 한 반 60명 중에서 일등하기도 어려웠는데 1만 명 중에서 첫째, 이것이 쉽지 않다는 걸 너무도 잘 안다. 이런 꿈을 꾸고 이런 계산을 해보는 순간은 행복하고 의욕이 넘친다. 김형석 교수의 건강장수 비결 중에서 잘 먹고 잘 자는 조건은 천성적으로 갖추었으니 이것도 나에게는 큰 복이다. 60대는 몸 만드는 시기라는 말을 신봉하고 있기에 나는 수영을 하고 내 나이에 맞게 걸어 다닌다. 좋아하는 일을 찾고 있고 가급적 좋아하는 일을 하며 산다. 움츠리지 않고 일을 저지르며 살 생각이다. 남이 생각하는 행복이 아니더라도 내가 행복하면 되는 것이다. 일본의 하야쿠 시인인 마쓰오 바쇼松尾芭蕉가 말했다. "자신의 길에서 죽는 것은 사는 것이고 타인의 길에서 사는 것은 죽는 것이다."

내가 하고 싶은 일을 찾고 그걸 하기 위해 이런저런 궁리를 해보는 건 인생길 후반의 슬프지만 즐거운 상상이다. 그런 상상을 할 수 있는 자유로운 생활이고 그런 나이라는 게 행복하다.